傲慢《ごうまん》王女《おうじょ》でしたが心を入れ替えたので もう悪い事はしません、たぶん

葵　れん

23243

角川ビーンズ文庫

Contents

リューク・
バルテリンク
バルテリンク領を治める
公明正大な『氷の辺境伯』
傲《ごう》慢《まん》王《おう》女《じょ》でしたが
心を入れ替えたので
もう悪い事はしません、
たーぶん
ユスティネ・デ・
エルメリンス・ラウチェス
美しいが高慢で無慈悲、
贅沢が大好きと噂の
第四王女

Characters

シエナ

ユスティネ王女付きの
侍女

アン

ユスティネ王女付きの
侍女

フローチェ・モンドリア

リュークの幼馴染の
伯爵令嬢

レーヴィン

厳格な老騎士。
辺境騎士団団長

本文イラスト／漣　ミサ

プロローグ

「ユスティネ・デ・エルメリンス・ラウチェス王女。貴方《あなた》との婚約《こんやく》の話は白紙に戻《もど》させて頂く」

当主の間の中央の椅子《いす》に、きらめく銀髪《ぎんぱつ》と凍《こお》りつくようなアイスブルーの瞳《ひとみ》をした青年が不機嫌《ふきげん》そうに座っていた。まだ十九歳という異例の若さだが、幼い頃《ころ》からの教育の賜物《たまもの》なのか有無《うむ》を言わせぬ迫力《はくりょく》がある。

あまりの冷徹《れいてつ》さで氷の辺境伯《はく》とあだ名されるリューク・バルテリンク辺境伯。その端整《たんせい》な面差《おもざ》しは冷たく蔑《さげす》むようにユスティネ王女……つまりわたしを睨《にら》みつけていた。

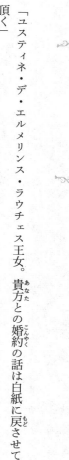

彼の怒《いか》りの原因は、若すぎる辺境伯への箔《はく》づけとして嫁《とつ》ぐことになった第四王女（しつこいようだがわたし）がとんでもない娘《むすめ》だったからだろう。

顔だけは評判通りに美しいが高慢《こうまん》で無慈悲《むじひ》な性格で、贅沢《ぜいたく》がなにより大好きというわがまま娘。最初は慣れない生活に気が立っているのだろうと大目にみていた堪忍袋《かんにんぶくろ》の緒《お》も、用意された紅茶の温度が気に入らずポットのお湯をぶちまけメイドに大火傷《おおやけど》を負わせたという話についに切れたらしい。

もちろんそんな事はしていない！　何故《なぜ》なのかは知らないけれどわたしの振《ふ》る舞《ま》いはひたすら大袈裟《おおげさ》に、時に根も葉もないでたらめで噂《うわさ》されていた。その事実には気づいていたけれど、これまではわたしも知らないフリを決め込んでいた。

だってこの目の前にいる氷の辺境伯と婚約なんてしたくなかったから。

早く王都に帰りたかったわたしが、嫌《きら》われるような噂をわざわざ消す必要なんてないと放置し続けたため、みんなの中のユスティネ王女はとんでもない悪女になってしまっていたようだ。

その結果が現在の婚約破棄騒動《はきそうどう》に至った。

……そう、『前回』のわたしは願い通りこの後すぐに王都に突《つ》き返された。

今、周囲には当主に立ち会いのため呼び出された貴族や有力者達が立ち並んでいて、失望した顔でわたしを見ている。

壁《かべ》や床《ゆか》が暗めの色でまとめられ重いカーテンがかかるこの部屋は、まるで葬式《そうしき》のように静まり返っていた。

この先の未来を何も知らなかった『前回』のわたしはそんな重苦しい空気などかまわず大喜びしてますます白い眼《め》で見られたっけ。あの時はそうする事こそが最善だと信じていたから。

「一応聞きますが貴方も異存はないですね？」

リュークの問いかけに、『前回』は何もないと答えた。

身に覚えのない非難も捻じ曲げられた事実もどうでも良かった。ただ王都に帰る事が出来るのならそれでいい、今まで通りの生活が待っているのだと信じていたから。

だけど正解はそうじゃない。

この婚約を破棄されては絶対に駄目《だめ》なのだ。

（この一瞬《いっしゅん》で、全《すべ》てが決まる！）

大勢からの注目を一身に集めていたわたしはガバリと床に膝《ひざ》をつき、頭《こうべ》を垂れた。

これぞ、遥《はる》か東の国で最上級の謝罪といわれるドゲザスタイル！

「じ……慈悲深いリューク・バルテリンク様！　どうか今一度だけ、愚《おろ》かなわたしにチャンスを下さいませ！　もし温情頂けましたら誠心誠意！　いえ、粉骨砕身《ふんこつさいしん》！　バルテリンク領のために忠誠をつくす所存でございます！　今までのご無礼は全て謝罪致《いた》しますので、どうか、どうか婚約破棄だけはご勘弁《かんべん》いただけないでしょうかぁ！！！」

……先程《さきほど》以上に静まり返った当主の間に、わたしの叫《さけ》び声の余韻《よいん》だけが響《ひび》く。

（や……）

わたしは思わずブルリと身を震《ふる》わせた。

（やったあぁ！　やり切ったわ！　良くできた！　今までの人生で下手に出るだなんて一度もした事がなかったけれど、我ながら上手《うま》く言えたのではないかしら？）

得意満面に顔を上げはじめてリュークと目が合う。その呆気《あっけ》にとられた顔をわたしは生涯《しょうがい》忘れないだろう。

さて、吟遊《ぎんゆう》詩人に語り継《つ》がれてもおかしくないほどの華麗《かれい》なる謝罪を披露《ひろう》したわたしだが何故そこまでして婚約破棄を回避《かいひ》しようとしたのか。

それは婚約破棄が原因で死んでしまう自分の未来を知っているからに他《ほか》ならない。


——死んで、時が巻き戻り、気づけばここに立っていた。

実際に体験した自分でも信じられないけれど夢や幻《まぼろし》なんかじゃない。死んだその瞬間《しゅんかん》の後悔《こうかい》まで全部覚えている。

『あの時もし婚約破棄をしなかったなら』

そんな想いをこの世の何処《どこ》かにいる神様が聞いていたのだろうか。気がついた時には再びこの場に立っていたのだ。

それにしても、いくら婚約破棄を思いとどまってもらうためとはいえ、一国の王女がここまで下手に出るというのは異常な状況《じょうきょう》だろう。

（……せめて、あと一日、前に戻れていたならば……！）

そう、普通《ふつう》ならばわたしだってここまではしない。

（昨日『貴方とだけは絶対結婚《けっこん》しない、どうしてもというならドゲザでもして頭をこすりつけてお願いすればいい』などと喧嘩《けんか》を売ってさえいなければっ……！）

お分かりいただけるだろうか。

彼の呆《あき》れかえった表情は単に奇行《きこう》に走った事に対してだけではない。

『は？　これまで散々拒否《きょひ》してきたあげく絶対に結婚はないって言い切っておきながら、舌の根も乾《かわ》かないうちに何言ってるんだこいつ？　まさか自分が何を言ったか忘れてるのか？　馬鹿《ばか》なのか？』

……とでも思っているのではないだろうか。

いや、絶対思ってる。

（ええまあ、そうですよね……）

だけどわたしはどうしても婚約破棄を撤回《てっかい》させなければならない。

だって死にたくないし不幸にもなりたくない。

誰《だれ》にも言えない未来を知っているわたしは、それを説明できないままなんとかこの局面を乗り切らなければならないのだ。

だけど勝算は、ある。

彼はとても慎重《しんちょう》な性格で、特にわたしと表立って対立する事は避《さ》けていた。ましてやこんな公衆の面前でここまでお願いをしているのに断るなんてしないはず。

いや、絶対出来ない。

(だってわたしは国王陛下の娘だもの。そうでしょう? リューク)

本来ならば氷の辺境伯が一度決断した事をやすやすと撤回するなどあり得ないけれど、確信があったわたしは思わず不敵に微笑《ほほえ》んだ。

わたしの悪役然とした笑《え》みを目にした氷の辺境伯は苦々しげに溜息《ためいき》をつく。その唇《くちびる》は「傲慢《ごうまん》王女」と音にならない呟《つぶや》きを漏《も》らした。

一章

傲慢王女は帰りたくない

「あっははは！　読み通り婚約破棄は保留せざるをえなかったようね。さすがわたし、素《す》晴《ば》らしいわ。この調子よ」

自室に戻《もど》って来るなりベッドに大の字に寝転《ねころ》んだ。

ずいぶんと長い間同じ姿勢で考え込んでいたリュークがようやく喋《しゃべ》った言葉は、『王女様はお疲《つか》れのようだ。医者を呼んでやれ』という心なしか冷ややかなものだった。

わたしの誠心誠意の謝罪に感動し、ついでに完全和解できたら話が早かったのだが。まあ贅沢《ぜいたく》は言うまい。

それでも一国の王女が床に伏《ふ》してまでなりふり構わず訴《うった》えた効果は絶大だったようで、その場に立ち会っていた中に不満の声を上げる者はいなかった。

それどころかじわりと距離《きょり》を置かれていたような気もするが。

とりあえずあの場での強制送還《そうかん》はなくなったのでそれでよし！

「それにしても王女であるこのわたしに向かって婚約破棄だなんて。物静かそうな顔してやってくれるじゃない」

本来なら王族の姫《ひめ》との婚約《こんやく》を破棄《はき》するなど天と地がひっくり返ってもあり得ない。

だが今回に限っては少し事情が違《ちが》う。実はまだ正式な婚約を結んでいるわけではなく、仮の婚約者として『視察』という建前でバルテリンクに来ているのだ。

事前に一定期間領地で過ごし双方《そうほう》合意があった場合のみ正式に婚約を結ぶと、国王陛下とリュークの間で話がついていた。

王国の中でも最北の辺境地。

一見不毛地帯のようなバルテリンクは王国にとって貴重な魔石《ませき》を採掘《さいくつ》できる重要な拠点《きょてん》の一つである。しかし元は別の国だったという過去もあり、長い間関係がいいとは言い難《がた》かった。

かつての名残《なごり》で領土の半分は幾《いく》人かの貴族が分割統治しており、その頂点であるバルテリンク領主は国王さながら。お互い不満はありつつも攻め入るには険しい山脈に阻《はば》まれ、なんとか戦争は回避しているというギリギリの小康状態が続いていた。

けれど現領主に代替《だいが》わりしてからは徐々に関係が改善されつつあるという。

国王であるお父様としてはここで一気に良好な関係に持ち込みたいのだろう
ところでバルテリンク領を王都や隣国から守り続けたその地形だったが、長年に亘《わた》って深刻な問題をもたらしてもいた。

それは山を越《こ》え森を抜け、さらに山を越えるという、王都や他の都市からとんでもなく距離がありすぎるド辺境だという事。

おまけにド寒くて、あまりにも違いすぎる環境《かんきょう》に都市部出身の貴族令嬢《れいじょう》が順応できない。

つまり、ありていに言えば嫁《よめ》の来手がないのだ。

代々の当主夫人は離縁《りえん》や別居、酷《ひど》い時には修道院に駆《か》け込むことすらあったという。

近年に至っては大商人の娘《むすめ》や軍人貴族家系の、よっぽど気合の入った嫁しか来ていない。

そこで白羽の矢が立ったのが、唯一《ゆいいつ》未婚《みこん》の第四王女、わたしである。

といってもお父様としては「嫁不足の田舎《いなか》に婚約の打診をしてやった」という恩を売りたかっただけなのかもしれない。結局『前回』王都に戻った時も、拍子《ひょうし》抜《ぬ》けするぐらいあっさり婚約解消を受け入れていたし、その後は険悪になるどころかむしろ交流が増えていた。

(もしかして、わたしの性格上、嫌《いや》だと言うのを無理して押し付けても、絶対に何かやらかして戻ってくると思われていたのかしら……？　当たっているわね)

ともあれ、あの婚約破棄の場面に立ち会っていたのは、事情を知っている本当にごく一部の側近や有力者達だけ。

表面上は視察に来た王女が予定を終わらせて無事に王都に帰ったという事実しか残らない。

しかし通常ならありがたいその気遣《きづか》いが、今はギリギリとわたしの首を絞《し》めている。婚約破棄されたなどという不名誉《ふめいよ》は表立っては残らないのだから向こうは遠慮《えんりょ》がない。その前日には当の本人が『絶対結婚しない』などと宣言までしている。

あの場はなんとか回避《かいひ》できたものの、いともスムーズに強制送還されてしまう未来しか見えない。

……そしてその後にあるのは破滅《はめつ》の未来。

「それだけは嫌よ！」

思わず叫《さけ》んだ。

（やっぱりあの『絶対結婚しない』宣言はまずかったわね）

考え事をするには糖分を補給するに限る。持ち込んだお菓子《かし》をもぐもぐしながら今後の行動について思案した。

とにかく今のままではいつ王都に帰らされてしまうか分からない。

リュークに掛《か》け合って婚約破棄の話を考え直すようお願いしてみるしかない。なんなら昨日のやりとりの件をもう一度謝ってあげてもいい。

あんな未来、回避できるならなんでもする。

（そのためには……うーん、どうやったら撤回《てっかい》させることが出来るのかしら）

「とにかくリュークに婚約解消を考え直してもらわなきゃ。まずはそこからね」

そういえば以前彼に、周囲と上手《うま》くやれているかどうかを聞かれた事もあった。……もしかして彼にはそこも評価ポイントだったりするのだろうか？

（ふむ、周囲との協調ねぇ）

確かに全然うまくいっている気がしないし、ついでに言うなら上手くやるためにどうしたらいいのか見当もつかない。

「うーん、今まで全くしてこなかった努力を急にするのって難しいな」

わたしは王女様だ。

人にどう思われているかなんて気にした事がない。誰も彼もがわたしを称賛《しょうさん》し、ご機嫌《きげん》取《と》りに必死だった。一言でも文句をつけようものなら真っ青な顔で右往左往し、すぐさま気に入るように新しいものを用意してくれる。

それって生まれた時からずーっと普通《ふつう》のことだったし、むしろそれは当然の権利で、疑問に感じたことすらなかった。

むむむと唸《うな》りながらごろごろしているとノックの後に侍女《じじょ》のアンが入ってきた。

まだ許可をしていないうちに当然のように部屋に入ってくる。けれどそれを悪いとは微《み》塵《じん》も思ってないのだろう。『前回』何度注意しても直らず、そんな小さな軋轢《あつれき》もまた使用人達との間に溝《みぞ》を作っていた一因だったかもしれない。

（今思えばわたしも少し意固地になっていたかもしれないわね）

王宮では主人の許可なしに部屋に立ち入る使用人などいない。主人の命令には絶対服従だし口答えなんてとんでもない。だけど周囲と隔絶《かくぜつ》されたバルテリンクという狭《せま》い社会の中では使用人と主人の距離はかなり近いものだった。いちいち許可など求めないのがお互《たが》いの信頼《しんらい》の証《あかし》だと考えているようだ。

（要するに価値観の違いなのに、わたしは絶対的に正しいと一方的に押し付けるだけだった。そんなものうまくいくものもいかないわよね）

一度離《はな》れ、冷静になれたからこそ納得《なっとく》できた。

「失礼致《いた》します。ユスティネ様ご気分はいかがで……まあ、なんてだらしのない！」

納得はできても、やはりこうもあけすけに主人を悪く言える使用人はどうかと思うけれども。

ふわふわとした栗色《くりいろ》の髪《かみ》の毛の若い侍女アンは、お菓子のカスだらけになったわたしのベッドを見て叫び声を上げた。後ろからどさくさまぎれに入ってきたもう一人の侍女のシエナやメイド達もお互いに顔を見合わせヒソヒソと話している。

（なによ、大袈裟《げさ》ね）

こんな事くらいでどうしてそんなに大騒《おおさわ》ぎするのか理解できなかった。

「いいじゃないこのくらい。どうせこれからベッドメイクでシーツ交換《こうかん》するって分かっているんだもの。ゴロ寝《ね》しながらお菓子食べるのって最高よ？　嘘《うそ》だと思うなら一度やってみなさいよ」

親切に教えてあげたのに、アンは余計に癇《かん》に障《さわ》ったようでわざとらしく咳払《せきばら》いした。

(王女であるわたしにこの態度。王都なら罰せられてたわね)

当然だが、かつてこのわたしに非難の咳払いを聞かせる侍女などただの一人としていなかった。それどころか生理反応の咳払いだって無理して堪《こら》えていたぐらいだ。

アンは呆《あき》れかえったと言わんばかりの態度だ。

「そんな下品な真似《まね》、あたし達は絶対にしません。はあ……嘆《なげ》かわしい。フローチェ様ならこんな事、思いつきもなさらなかったでしょうね」

(あー、はいはい。いつものフローチェ様ね！)

わたしの機嫌《きげん》は急降下した。

アンは言ったあと流石《さすが》にまずいと思ったのかはっと口を押さえたが、もう遅《おそ》い。


フローチェ・モンドリア伯爵令嬢《はくしやくれいじよう》。

リュークの幼馴染《おさななじみ》で相思相愛の仲だったという少女。長年この城に顔を出していたという彼女の名前は、何度止《や》めろと注意しても度々《たびたび》メイド達の話にのぼってはわたしの気分を逆なでしまくった。

皆《みな》が言うには本当に良くできた淑女《しゆくじよ》で思いやりと教養があり、何事もなくいけば彼女がリュークと結ばれるべき相手だったそうだ。何らかの事情があって公《おおやけ》にされていないが密《ひそ》かに思い合う二人を使用人達、特にそういう恋愛話《れんあい》に興味津々《きょうみしんしん》な若いメイド達は長い間応《おう》援《えん》し続けてきたらしい。

そこへ王命でやってきた評判の悪い第四王女、わたしが突然《とつぜん》横入りしてきたってわけ。

それでも文句一つ言わずに身を引いた心優《やさ》しく慎《つつ》ましい令嬢。

ええ素晴《すば》らしい、本当にご立派だ。

(だけどそれ、別にわたしのせいじゃないし！)

縁談《えんだん》をゴリ押ししたのはお父様だし、そもそもリュークがとっとと結婚《けっこん》してれば良かったのではないだろうか？　それなのに一方的に悪役のように仕立て上げられ、冷たい目で見られつづけるのは本当に不愉快《ふゆかい》なものだ。

よく考えて欲しい。

顔見知りもいない、頼《たよ》れる人もいない。

そんな場所に到着《とうちゃく》してみれば婚約《こんやく》相手には恋人《こいびと》がいて、王命で仕方なく別れ嫌々《いやいや》結婚するという悲愴《ひそう》な覚悟《かくご》を見せられる。おまけに周囲は皆元恋人の少女の味方。

(これってどう見てもわたしの方が悲劇のヒロインポジションじゃないかしら？)

まあわたしは泣きもしないしここから逆転してみせるけどね！

すっかり機嫌を悪くしたわたしはアンを叱《しか》りつけた。

「もう、無駄口《むだぐち》はいいから仕事して！」

彼女はまだ何か言いたげだったけれど、すぐにメイド達に指示を出し始める。

ようやく着替《きが》えが始まり、あまりの気の利《き》かなさにやれやれと……って待って、待ってまって。

（これじゃあ『前回』と何も変わってなくない？　とりあえずさっきの婚約破棄は回避したけど、別に破棄《はき》そのものを取りやめるとは言われなかったし……）

今度はわたしが顔色を変える番だった。

まずい、あんなに反省したはずなのにすっかりいつもの調子でやってしまった……。

これじゃあ駄目なんだってば。

わたしは、心を入れ替《か》えて誰《だれ》から見てもイイ子になるんだから！

「ちょ、ちょっと言い過ぎたわ、アン。わたし、当主様の婚約者として相応《ふさわ》しくない行動をしてしまったのね。教えてもらって良かったわ」

急に謝罪したりお礼を言ったりしたら怪《あや》しまれるかしら？

でもこっちは婚約破棄目前、待ったなし。ほどよいタイミングを見計らう余裕《よゆう》なんて欠片《かけら》もなかった。

アンは、わたしの言葉を聞くとものすごくギョッとした顔をした。

「え!?　今、なんておっしゃったんですか」

「それにシエナ、ナナ、エミー、ヒルデ、ラウラ、サンドラ、ノーラ。いつも身の回りのお世話をしてくれてありがとう。そこの貴方《あなた》は初めて見るわね、新入りかしら？」

「そんな、なんで……え……？」

「いつも本当に感謝しているのよ。貴方達がいてくれなければ服の着替え方すら分からないもの」

出来るだけ心をこめて感謝を口にすると、アンは目を皿のようにしていた。

「あの……何故《なぜ》、どうして私達の名前をご存じなのですか？」

アンの隣にいた黒髪の侍女、シエナも戸惑ったようにおずおずと聞いてくる。

ん？

なんかそこ、引っかかるところだったろうか。そう言われてみれば今まで名前で呼んだことはなかったけど。

思わずきょとんとしてしまう。それってそんなに大事？

「どうしてって。初日に全員挨拶《あいさつ》してくれたじゃない」

別にこっそり調べたわけでもなんでもない。

ただその時によく注意して聞いて、しっかり記憶《きおく》しただけの事だ。

「まさか、たったのそれだけで⁉　あたし達がご挨拶したのはその時一度きりのはずです。しかもあの時は一度に全員、二十人以上いたのに……」

なんだそんな事。

「さっきも言ったけどわたしは貴方達がいてくれないと何一つ自分では出来ないのよ。それだけお世話になるのだから一度で名前を覚えるのは当然でしょ？」

アンはわたしの言葉を聞くとなにやらもじもじし始めた。

「で、でも……まさかそんな。あたし達の名前などどうでもいい、覚える必要なんてないと思っていらっしゃるのかと……」

アンは何故か落ち着かない様子をみせ、シエナや他《ほか》のメイド達もそこはかとなくそわそわとして雰囲気《ふんいき》が浮《うわ》ついている。

え？　何？

もしかして本当に貴方達の名前も知らずにお世話を受けていると思ったの？　当然の事じゃないかと言いかけ……考えてみれば彼女達にとってわたしは悪の『傲慢王女』なのだと思い直した。

ふむ、と考え込む。

（最初の挨拶で名前を覚えていないと思われていて……そのまま何かの折に尋《たず》ねる事もなく呼びもしなければ、覚える気がないように見えるわよね、きっと）

繰《く》り返しになるがバルテリンクでは使用人と主人の間柄《あいだがら》がとても近い。失敗があれば次々クビになり新しく入れ替える王宮と違《ちが》い、ほとんどメンバーの入れ替えはなく何年も同じ使用人が働く。

恐《おそ》らく領主であるリュークも大抵《たいてい》の使用人の名前を覚えているのではないだろうか。

（よく考えれば、確かに他の領地の貴族達はあまり使用人の名前まで気を遣《つか》っていなかった。主人に名前を覚えられるのは彼等にとっての名誉《めいよ》と誇《ほこ》りなのかもしれない）

わたしが全員の名前を理解していると知った途端《とたん》、今までツンケンしているばかりだったアンが急にしおらしくなった。

いや、なんだかずいぶん好意的に受け止めてくれているみたいだけど、一人一人を把握《はあく》されているってことを不安には思わないの？　例えば逆にねちっこく嫌《いや》がらせをされるかもとか。

（……思わないのでしょうね、そんな意地悪い裏読みなんてする人達じゃない）

この土地の人々は良くも悪くも単純で善良だ。

裏ぐらいは考えることはあっても、裏の裏までは確かめない。根っからの悪人なんてそうはいないと純粋《じゅんすい》に信じているタイプの人達なのだ。

伏魔殿《ふくまでん》の王宮で生まれ育ったわたしには眩《まぶ》しすぎる。

（そうよ。だったらわたしもあまり考えすぎず、素直《すなお》に感謝を言ってみたらどうかしら）

王都ではしきたりだなんだと、気安く使用人に話しかける事は固く禁じられていた。簡単に隙《すき》を見せるような真似《まね》をしてはいけないと。

でも郷《ごう》に入っては郷に従え。

そう切り替えたわたしはアンに向かってにっこりと微笑《ほほえ》んだ。

「そんな当然な事をわざわざ言う必要はないと思っていたけど、伝わっていなかったようね。あなた達のことはいつも見ているのよ」

「う、嘘《うそ》です。そんな……」

「本当よ。特にアン、季節の花を毎日上手に生けてくれているのはあなたでしょう？　居間には華《はな》やかで旬《しゅん》のものを。寝室《しんしつ》には匂《にお》いの弱い落ち着いた色合いのものを。とてもセンスがいいのね、毎日楽しみにしているわ。それにシエナは手先がとても器用よね。こんなにきれいに髪を整えられる子なんて王都にもいなかったもの」

「っ……！」

アンはぱっと顔を紅潮させ、シエナも驚いたように目を見開いた。

『お叱りがなければ使用人の仕事に満足している証拠《しょうこ》』という王都での常識は、思った以上にこちらで通用していなかったようだ。

その日のアンは少しだけいつもより丁寧《ていねい》に世話をしてくれた。シエナもまだよそよそしいが、警戒心が少し薄れたように思う。

なんだ。こんな事ならもっと早く言えば良かった。『前回』のわたしだって、口に出さないだけで同じように感謝していたのに。

わたしはもしかしたらとても損をしていたのかもしれない、と初めて思った。


アン達を意識的に名前で呼ぶようにしてから一週間が経《た》った。

あれ以来かなり彼女達との関係が改善されたような気がする。今日はアンが中心になり、三時のお茶の用意をしてくれている。アンと交代でつくシエナはまだまだ態度が硬いので、アンが当番の日は私も嬉《うれ》しい。

しかし、肝心《かんじん》の問題については全く解決していない。

「やっぱりリュークはわたしが嫌《きら》いなのかしら？　こんなに美人で可愛《かわい》いのに」

「…………。当主様は好《す》き嫌いで態度を分ける方ではありませんよ。ついでに美醜《びしゅう》でも」

「だってもう一週間よ。仮にも婚約者が療養《りょうよう》しているのに、一週間放《ほう》っておくだなんてありえる？」

「えー……それは、その。……おそらくですが、ユスティネ様に最後にお会いした時がそのう……」

「最後？　ああ、あれは我ながら誠心誠意立派に謝罪できたわよね！」

最近は話を合わせて相槌《あいづち》をうってくれていたアンが、何故か目を逸《そ》らす。あれ、なんでそんな気まずい顔なの？

あれから色々考えたのだが、やはりリューク本人となんとか話は出来ないだろうか。

だって嫌われている原因のほとんどが誤解なのだから、ちゃんと話せばそんなことするような子じゃないって分かるはず。そう思って食事や移動の時間を見計らって会いに行こうとしたのだが、いずれも忙《いそが》しいだとか外出してるだとかで断られ続けている。

（これは間違《まちが》いない、完全に避《さ》けられている）

それに気がついたわたしが意気消沈《いきしょうちん》し、泣く泣く言われた通り王都に帰っていく……というのが彼の筋書きなのだろう。

確かに並の令嬢《れいじょう》なら避けられ続けて傷心し、抵抗《ていこう》する気力をなくすかもしれない。

記念すべき二十三回目のお断りを侍従《じじゅう》に告げられ肩《かた》を震《ふる》わせていると、憐《あわ》れに思ったのかアンが慰《なぐさ》めるように声を掛《か》けてきた。

「そう気を落とさないで下さい、ユスティネ様。実際このところ当主様は多忙《たぼう》なんですよ。そもそも城にいらっしゃる時間自体が少ないんです」

わたしが肩を震わせていたのは気落ちしていたからではなく怒《いか》りの為《ため》だが、そこはあえて訂正《ていせい》する事はあるまい。

「ふーん……。じゃあ昼間に部屋に行っても会える可能性は低いって事ね」

アンはこくこくと頷《うなず》いた。

「ということは、こちらから出迎《でむか》えてやればいいって事よね。それなら善は急げだわ」

今度は怪訝《けげん》な顔で首をかしげた。

「アン、出発の準備をしてちょうだい！」

心を入れ替《か》えたとはいえ、わたしはユスティネ王女様なのである。


気候は厳しく天候は悪い日が多く。

しかし稀《まれ》に現れる晴天の日の美しさは素晴《すば》らしいものであると評判のバルテリンク。今日は幸いなことにその素晴らしい日に当たったらしい。

「うっわあああ！　広い！　大きい！　素晴らしいわ！」

思わず感嘆《かんたん》の声を上げる。

爽《さわ》やかな青空の下どこまでも続く平原と緑のコントラストが映《は》えている。遠くに見える山稜《さんりょう》は雪で光り輝《かがや》いていてまるで幻想《げんそう》世界そのものだ。風光明媚《ふうこうめいび》な光景は心が洗われるような美しさだった。

(やっぱり世界は広いなぁ。これほどの平原がどこまでも続いていくこんな風景は王都では絶対にお目に掛かれないもの)

「ユスティネ様、あまり乗り出されますと馬車から転がり落ちてしまいますよ」

大興奮のわたしとは裏腹にアンは落ち着いた様子だ。

外から来た人間にとっては刺激《しげき》的でも、彼女にとっては子どもの頃から見慣れた景色で、さほどの感動はないようだった。しかしそれでも生まれ育った場所を賛美されるのは嬉しいものらしく、まんざらでもなさそうにしている。

「そろそろ目的地のブルの街が見えてきましたよ。この近辺に他《ほか》の街はありませんから、きっと警備中のご当主様達が小休止に使うはずです」

王都から連れてきた王宮騎士《きし》達に警護されながら馬車を走らせ数刻。リュークが立ち寄るであろう街に先回りした。

名付けて『城で会えないなら城の外まで押しかけてやろう作戦』である。

うん、そのまんまだわね！

「ふっ……あはははは！　今日があなたの年貢《ねんぐ》の納め時よ。覚悟《かくご》なさい、リューク！」

「ユ、ユスティネ様、馬車で仁王《におうだ》立ちはお止《や》め下さい」

「絶対に捕《つか》まえてギャフンと……いいえ、『申し訳ありませんでした王女様、どうか卑《いや》しい自分との婚約《こんやく》を了承《りょうしょう》して下さい』って言わせてやるわ！　あ痛！」

「ああほら、だからちゃんと座らないと危ないですって」

天井《てんじょう》に思い切り頭を打ちつけた頃、馬車は街の入り口に到着《とうちゃく》したのだった。

さて、着いたはいいがまだリューク達が来ていないということで、わたしとアンは街はずれの丘の上にある果樹園をプラプラと散歩していた。何故《なぜ》って？　楽しそうだから！

「ブルの街はベイル男爵《だんしゃく》家の直轄《ちょっかつ》で、特に農業が盛んなんですよ。なんでも代々伝わる特別な魔法をお持ちとか。この町以外にも昔から農地を持っていますし、人が住むには不便な場所ばかりですが土地の保有量だけならご当主様に次ぐのではないでしょうか」

「へえ、バルテリンクの気候は植物の生育に向かないって聞いたことがあるけど、そういう人もいるのね」

丘《おか》の上に広がる果樹園は、すでに収穫《しゅうかく》が終わっているらしく葉を落とし始めていた。近くに無造作に貯蔵されている収穫物はよく見知ったプルーネという果物だったが、一般的なものよりも一回りサイズが小さいように思えた。

丁度そこら辺で作業していた農民らしきボロ着の男性に頼《たの》んでみると、いかにも人のよさそうな彼は試食だと言ってプルーネを一つプレゼントしてくれた。

「ふうん。サイズは小さいけど、色つやはいいわね」

「ええ、もちろんです！　雨量が足りないと大きくは育たないのですが、むしろ降水量が少ない時の果実の方が甘みが増して美味《おい》しいんですよ」

彼は心から嬉しそうに語った。

そういえばバルテリンクに来たばかりの頃食卓《しょくたく》に出た、小さいけれどとても甘いプルーネに驚いた記憶がある。あれはこの辺りの果樹園で穫《と》れたものだったのかもしれない。

早速一口齧《かじ》ると、あのたまらない味わいが口の中に広がった。

「美味しい……！」

わたしが思わず感嘆の声を漏《も》らすと農民の男はまんざらでもなさそうに「へへ……」と笑う。

その時遠くの方から呼びかける声が聞こえ、農民は慌《あわ》ててそちらの方へ駆《か》けて行った。

「まいったな！　ああ、こんなものを店で出せやしない」

「申し訳ありません、今年はどうしても天候の関係で育ちが悪く……」

「いや、仕方ないのは分かっているよ？　俺だってなんとかしてやりたいんだ。だけど見てくれよ、王都のプルーネと比べたらとても同じ果物だとは思えないだろう？」

どうやら商人が果樹園に商品の引き取りに来たらしい。やたら大きな声で納品される果物の不作を訴《うった》えている。

「なんだか騒《さわ》がしいわね」

「恐《おそ》らくああやって交渉《こうしょう》して、もっと安い値段で取引したいのでしょう。バルテリンクでは大きく育った果物が好まれますからね」

アンはそう言いながらチラチラと丘の下に見える市場のあたりを気にしている。

だけどわたしは、二人の間でなされている会話が気に入らなかった。

「さあそろそろご当主様も到着するでしょうし、市場に戻《もど》りましょう。ユスティネ様……ユスティネ様⁉」

商人と農民の間にはそろそろ落としどころを見つけようかという空気が流れていた。

「本当なら農園で穫れないのならよそで買ってでも用意して欲しいぐらいなんだよ。だがまぁ、困っているならお互《たが》い様だからな。他ならぬアンタのためだ。今回は半値で仕入れてやるよ、特別だぞ？」

「ほ、本当ですか⁉　それで十分で……」

「なに寝《ね》ぼけた事を言ってるのよ。いくら契約だからといって買って納めろは言いすぎでしょ！」

わたしが今にも握手《あくしゅ》をしそうな勢いの二人の間に割って入ると、飛び上がらんばかりに驚《おどろ》かれた。

「だっ……誰《だれ》だアンタ！」

突然《とつぜん》の闖入者《ちんにゅうしゃ》に買い付けに来ていた商人は顔を醜《みにく》く歪《ゆが》ませた。

「その上半値にまで値切っておいて特別も何もないわ」

「なんだと⁉　……あ、いやその」

しかし上等な衣服と後ろの護衛の騎士達を見て貴族階級だと気がついたのだろう。途端《とたん》にペコペコと低姿勢になる。

「いえ、大声を出して申し訳ありません。ですがねぇ、男爵家との契約で決まってるんですよ。きっちりこぶし大より大きな果物を納入するってね」

わたしはちらりとプルーネを積んだカゴを見た。

「なるほど、だから買い取ってやるだけでも感謝しろと言うわけね」

「あ、あのう！」

それまで事の成り行きを見ていた農民が初めて口を開いた。

「す、すみません。でも、その、取引の邪魔《じゃま》をしないで頂いてもよろしいでしょうか」

勇気を振《ふ》り絞《しぼ》っているのか握《にぎ》りこぶしを震《ふる》わせている。

（そうよね、彼のような農民が貴族に逆らうだなんてとんでもない事だもの）

「ユスティネ様、いい加減にして下さいよ。早く戻りましょう！」

後から追いかけてきたアンが私の手を引いた。

しかしわたしはその手を振り払《はら》った。

「嫌《いや》よ。だって納得《なっとく》できないもの」

アンは不可解とばかりに顔をしかめた。他の二人も似たような反応だ。

「じゃあ聞くけど、そこにあるカゴ一杯《いっぱい》のプルーネをあなたはどうする気なの？」

「え？　そりゃ商品として売りに……」

「どうやって？　この果物は収穫するとすぐに甘みが抜《ぬ》けてあっという間に食べ頃《ごろ》が過ぎ

てしまうのよ。他《ほか》の果物と違《ちが》い生で売るには限界があるわ」

「そ、それは……」

わたしはビシリと指を突《つ》きつけた。

「どうせほとんどをジャムかジュースにするのでしょう？　だったら大きさなんか関係ないじゃない！　それだけ恩に着せるのだったら半値と言わず通常の値段で買い取りなさいよ！」

「し、しかし契約が！」

まだ食い下がろうとする商人に私は右手を突きつけた。

「こぶし大なら大丈夫なんでしょ、ほら」

わたしは握りこぶしを作ってその横に果物を並べてみせた。

グローブのような手の男達と違い、ほっそりと小さなわたしの握りこぶしと比べれば、果物は十分に大きいと言えた。

「分かったら今回はこれで良しとしなさいな。それから、次から契約書には握りこぶしなんて曖昧《あいまい》なものじゃなく、きっちり目方で測れる数字を入れなさい。それと同時に納入出来なかった時の取り決めまでしっかり記載《きさい》するのよ」

「そんな……っく、分かりました」

商人は悔《くや》しそうにするが、いい加減な契約書を作っておきながら不測の事態になった途端に一方的に責任を押しつけようとする方が悪い。

しかし……。

「や、止《や》めて下さい！　何てことを言うんですか⁉」

ほぼ半値で捨て売られそうになったプルーネの取引を正規の値段に戻してもらったというのに、農民の男は真っ青になってわたしに食《く》って掛《か》かる。

「え、どうしたんですか？　ユスティネ様のおかげで損をせずに済んだじゃないですか」

アンは事態が呑《の》み込めてないらしく意味が分からないという顔だ。

しかしそれも商人の男が吐《は》いた、腹立ちまぎれの台詞《せりふ》で凍《こお》り付いた。

「くそっ……ほら、約束の代金だ。今回は支払《しはら》いますがね、だが次からアンタとの取引はなしだ！　男爵にも伝えといてくれ！」

商人の言葉に農民は顔色を変えた。

「ああ！　待って下さい、小さい果物の値段は半値で結構ですから！」

「ふん、お貴族様に逆らえってのか？　ごめんだね、これっきりにしてくれ」

「ま、待って！　待って下さい！」

農民は取り縋《すが》ったが、商人は怒《いか》りも露《あら》わに荒々《あらあら》しく帰っていった。

項垂《うなだ》れる農民を見てアンが決まり悪そうにしている。

「あ、あの、ごめんなさい。謝って済む問題じゃないのは分かっていますが、その、ユスティネ様は貴方《あなた》を助けたいと思って……」

しかし怒《いか》りだすかと思われた彼は、よれよれの服と同じ、少しくたびれた笑顔《えがお》でゆっくり頷《うなず》いた。

「……はい、分かっています。今回は残念でしたがまた取引先を探してみますよ」

「うっ……ごめんなさい、ごめんなさいっ！」

「顔を上げて下さい、大丈夫。貴方が謝る事はありませんよ」

なんとも驚いたことに、農民はこの期《ご》に及《およ》んでも誰かを憎《にく》んだり怒ったりするつもりはないようだった。そうして、わたしにすら慈愛《じあい》に満ちた笑顔を向けてくる。

「お嬢様《じょうさま》もどうかお気になさらずに。人間万事《ばんじ》塞翁《さいおう》が馬と言いますしね」

（ああ、この人はなんて……なんて……）

わたしはたまらず息を吸い込んだ。

「この……お間抜《まぬ》け――っ！　そんなんだからいつまで経《た》っても搾取《さくしゅ》される側なのよ！　いい加減目を覚ましなさいっ！」

広大な果樹園にわたしの雄《お》たけびが響《ひび》き渡《わた》った。

「なっ……な、ななな……！」

あまりの事に口もきけなくなったアンは、完全にわたしに対してヤバイ人かなにかを見る目だ。農民も先程までの悲愴《ひそう》な空気はどこへやら、すっかり呆《ほう》けた顔になっている。

「まずはさっきの取引だけど、聞いていたでしょう？　アイツは貴方の農園の商品に難癖《なんくせ》つけてたけど、いいように安く値切って不当な利益を得ようとしていたのよ？　そんな信用のおけない人間との取引なんてこっちから切り捨ててやりなさいよ」

「は、はあ、でも」

「でもじゃないわ。さっきあなた、自分で言っていたじゃない。なんで味が良《い》いのに値段を下げられなければいけないのよ。むしろ高値で取引しなさいよ」

「え⁉　いや、いくらなんでも高値は無理ですよ」

農民は慌《あわ》てて首を振った。

いくら口で説明しても分かってもらえそうもない。

だったらと、わたしはカゴに置かれたままのプルーネを掴《つか》んだ。

「ふうん、そう。ならもういっそこのまま捨ててやろうかしら」

「え？　あ、そ、そんな！」

「捨てるような値段で売ってもいいような、どうでもいいものなのでしょう？　お金だったら支払ってやるわよ、あなたが価値を認めないならその通りにしてやるんだから！」

もちろん本気で捨てるつもりではない。

「い、嫌だ！　止《や》めろ――！」

「その辺にしておいてあげて下さい、ユスティネ王女」

冷たい感情のこもらない声は、わたしの動きを止めるのに十分な存在感を持っていた。

振り返ればそこには何事にも動じない絶対零度《れいど》の瞳《ひとみ》があった。

「リュ、リューク……。なんでここに？」

「ご自分がどれだけ目立つ容姿なのか自覚がないのですか？　街で、あれは誰《だれ》かと散々聞かれました。ここまで追ってくるのは難しくありませんでしたよ」

容貌《ようぼう》に関してはそっちだって同じようなものだろうと言いたいが、こちらは『正体不明の』という前置きがつく分、悪目立ちをしてしまったらしい。

（……で、この大騒《おおさわ》ぎを目撃《もくげき》されてしまったのね）

傍《はた》から見たらこの状況《じょうきょう》がどう映るのかに気がつき、血の気が引く思いがした。

わたしは悪者ではないと、いじめをしてまわっているという噂《うわさ》は全部デマだと訴《うった》える為《ため》にこんな場所まで追いかけてきたというのに。

今のわたしは完全に、地元の農民をいじめる悪魔《あくま》の令嬢《れいじょう》の姿そのものではないか。

「ご当主様、よくぞ止めて下さいました！　酷《ひど》いのですよ、ユスティネ様ったらただでさえこの方の商売の邪魔《じゃま》をしてしまったのに、その上大切なプルーネを捨てようとしたんです！」

（ああ！　確かにその通りなんだけど！）

ご丁寧《ていねい》にもアンがこれまでの経緯《いきさつ》をあれこれ説明しまくった。リュークはただそれを静かに聞いているが、さぞかし酷い悪魔だと思っている事だろう。

（……お、終わった……！）

暗雲を背負っているわたしをよそに彼は農民に向きなおった。

「ハンス・ベイル男爵《だんしゃく》。ユスティネ王女が迷惑《めいわく》をかけたようですまなかった」

……うん？

「今、男爵って言った？」

この辺りを管理する、大農家のベイル男爵家。

「ユスティネ……王女殿下《でんか》でいらっしゃいますか!?　まさか、そんな！」

「あなたこそ貴族なの？　嘘《うそ》でしょ、欠片《かけら》も見えないわ！」

お互《たが》いの正体に驚《おどろ》き合うわたし達を尻目《しりめ》にリュークは話を続けた。

「思うに、ユスティネ王女は貴方に怒って欲しかったのだと思う」

「え？」

「王女は貴方の仕事をいたく気に入ったようだ。その期待に応《こた》え、今後は相応の値段で取引するように頼《たの》む」

「ええ⁉」

農民……ではなくハンスは再び驚いた。

いや、驚いたのはわたしも同様だった。

「い、今の行動が、どこをどうやったらそういう解釈《かいしゃく》になるんですか⁉」

「そうですよ！　ユスティネ様はやっぱり噂通りの傲慢《ごうまん》王女だったんです！」

アンまで一緒《いっしょ》になって責めてくる。辛《つら》い。

しかし残念ながらこれが普通《ふつう》の反応なのだろう。

リュークは少し考えてから口を開いた。

「……王女が捨てようとした時に感じた気持ちと同じものを、貴方が価値あるものを買い叩《たた》かれている時に彼女も感じたのではないか？」

「えっ……！」

「謙虚《けんきょ》で控《ひか》えめなのは美徳だが、それも過ぎれば一方的に利用されるだけだ。王女はおそらく、それが許せなかったのだろう」

その場がしんと静まった。

アンとハンスは思いもよらなかったわたしの行動の裏にある気持ちを知って。

そしてわたしは、リュークが自分の気持ちを言い当てたことに驚いて黙《だま》り込んだ。

(一方的に怒られるかと思ったのに……)

安心すると共に、何故《なぜ》分かったのだろうかという疑問でまじまじと彼の顔を見つめた。見過ぎたせいで目が合ったがプイと視線を外されてしまった。

「ユ、ユスティネ様。あの、あたしその……誤解を……」

アンが何かを言いかけるが、結局もごもごと呟《つぶや》いた声は聞こえなかった。

「い、いえ。なんでもないです」

「?」

アンの様子は気になるが、それよりも今はせっかく会えたリュークだ。

ハンスといくつか言葉を交《か》わしていた彼は、話が終わるとさっさと馬に跨《また》がった。

「リューク、ちょっと待ってよ！　話があるの」

彼は碌《ろく》に振《ふ》り向こうともしない。

「こんな場所まで来て頂いてすみませんが、今は本当に無理です。帰り道はよく慣れた者を一人お貸ししますから、気をつけてお帰り下さい」

言葉通り、丁度向こうから騎士《きし》団員らしき人物が駆《か》けてくるのが見えた。彼の指示だろうか。

話す事などないとでもいうような背中に思わず叫《さけ》んだ。

「リューク！　そんなにわたしに王都に帰って欲しいの⁉」

一瞬《いっしゅん》の沈黙《ちんもく》の後、馬上から投げかけられた彼の瞳はどこまでも冷たく凍《こお》り付いているようだった。

「ええ。一日でも早くバルテリンクから立ち去って頂けるよう願っています」


これは、本当に無理かもしれない。

さすがのわたしも、そう思わずにはいられなかった。

帰りの馬車で黙り込んでいると、アンがあれこれ話しかけてくれたがそれどころではなかった。

(こうなったら仕方ない。何か他《ほか》に助かる道はないか考えなきゃ……)

気分を変えたくて馬車の小窓を開けると、馬で傍《そば》を走っていた辺境騎士と目が合った。

「いやあ、リューク様のエスコートではなく申し訳ありません！　最近は隣《となり》のキウル国との関係が悪化したせいであちこち警戒《けいかい》する必要があるんですよ」

寡黙《かもく》な王宮騎士達と違《ちが》い、こちらの騎士達はずいぶんと親しみやすい。

曖昧《あいまい》に頷《うなず》いていると、彼は思いもかけなかった事を言ってきた。

「それにしても、あんなに慌てたリューク様は初めて見ましたよ。この街にユスティネ王女殿下らしき人物が現れたと聞いて、あっという間に先に行っちまいましたからね。いやあ、若いってのはいいもんですな」

「……なんですって？」

おかしな報告を聞いて、そういえばと思い返す。

（よく考えたら、なんで市場から出てあんなところまで来たのかしら。わたしに会いに……はないとして、何かしでかしてないか監視《かんし》に？　侍従《じじゅう》も付けずにわざわざ一人で？）

「なんでなのかしら」

思わず口に出していた。

それを聞きつけた騎士は大声で笑った。

「そりゃあ王女殿下が心配だったからに決まってますよ。急に王女殿下が予定にない事をなさったから何かあったのかと気をもんだのでしょう」

（……心配？　リュークがわたしを？）

そんな事があり得るだろうか。

しかし今思えば、騒《さわ》ぎを止めていた時の彼はどこかほっとしたというか、気の抜《ぬ》けたような顔をしてはいなかっただろうか。


その夜、わたしはとても思い悩《なや》んでいた。

結局何一つ問題が解決していない。

それに……。

(結局リュークはわたしを追い返したいの？　そんなに嫌《きら》いならなんで血相を変えて心配なんかするの？　ああ、こんなのは『前回』のあの時と同じじゃない、モヤモヤする！)

やがて時間が経《た》つにつれてじわじわと怒《いか》りが湧《わ》いてくる。

(無愛想で、冷たくて、何を考えてるか全然分からない。どうせなら徹底《てってい》的に嫌《いや》なヤツでいてくれたらよかったのに！)

一度だけなら、会う方法はある。

前世であまりにも暇《ひま》すぎて、城中をうろつき回った際に気が付いた『奥の手』だ。

ただ正直、わりと好き放題やっているわたしでもどうかと思う方法なので躊躇《ちゅうちょ》していたのだが。

(ええい、どうせ分からないなら、いっそこれ以上ないほどドン底まで嫌われてスッキリした方がずっとマシよ。最後に言いたい事全部言ってやろうじゃないの)

そう腹を決めるとにんまり笑った。

翌日の早朝。

柔《やわ》らかな朝日がカーテンの隙間《すきま》から小さく差し込んでいる。私はいつもよりずっと温かいベッドで心地《ここち》よくまどろんでいた。

（お布団《ふとん》あったかい……最っ高……）

なんだか色々やらなければならない何かがあったような気がしたが、面倒《めんどう》な事は意識の外に追い出して目の前の快楽に沈《しず》み込む。

もう一生起きなくていい。

「……ん……」

動くな動くな、お布団に隙間ができると冷気が入り込むじゃないか。わたしはギュッと抱《だ》き着いて密着した。

（あ……心臓の音、すっごく安心するな）

「…………んんっ……？　……」

一瞬の静けさの後。

ガバァッ！

「うひぁふ！　寒い！」

思いっきり布団を剥《は》がされ、あまりの寒さに一気に目が覚めた。

バサリとひるがえる愛《いと》しの羽根布団の隙間から、まるで黒い昆虫《こんちゅう》を見つけたかのような
リュークの表情。

「……っ！」

声にならない声を上げた彼は、はっきりと眉間《みけん》にしわを寄せた。

（あ、まずい。先に起きるつもりが寝過《ねす》ごした）

予定では昨夜《ゆうべ》のうちにリュークの部屋に忍《しの》び込んで何がなんでも話を聞いてもらうつもりだったんだけど、すっかり寝付《ねつ》いていた本人はいくら声を掛《か》けても目を覚まさないし、おめおめ自室に戻《もど》っても次の機会はないかもしれないし。だんだん体が冷えてきて、ほんのちょっとだけこっそり暖をとるつもりが、つい。

（おかしいなあ。一応遠慮《えんりょ》してはじっこの方に入ってたはずなのに、いつの間にかこんなど真ん中に）

「ユスティネ王女っ……！」

「しぃっ！　静かにっ！」

片手で跳《は》ね起きたリュークの口を押さえつけ、もう片方は立てた人差し指を自分の口にあてる。まあ、朝起きて、一人で眠《ねむ》っていたはずのベッドに身に覚えのない女が潜《もぐ》りこんでいたらそうなるよね。

逆にこちらの方はもう、ここまでくると居直った。

「まずは静かにして。大丈夫《だいじょうぶ》。わたし、結婚《けっこん》前に手を出すタイプじゃないんで。貞操《ていそう》は無事よ！」

「それはこっちの台詞《せりふ》じゃ……」

「寝顔可愛《かわい》かったわ」

「それもあまり言われたくないですね。とりあえずどこから侵入《しんにゅう》したか教えてもらえますか。場合によっては拘束《こうそく》させてもらいますが」

他人の感情に頓着《とんちゃく》しない方のわたしでも分かる。口調は穏《おだ》やかだけど、ものすごく怒《おこ》ってらっしゃいますね？

「……まさかと思いますが、これは王室の慣例か何かなのでしょうか」

「まさかー。そんなわけないじゃない」

「そうですね。貴方《あなた》の行動と常識と倫理《りんり》観がおかしい」

すごい。これ以上嫌われようがないと思ってたけど、まだ底があった。

「この城を設計したのって王城と同じ工房《こうぼう》の人なのよね。王族なんでそっちの秘密の抜け

穴《あな》ルートは全部知ってるの。作りこみの癖《くせ》が同じで助かったわ」

「……なんてことだ」

「リューク様、お目覚めでしょうか？」

ドアの向こうから声が掛かり、お互《たが》い口を閉じた。

私はリュークに向けて再びしーっと人差し指をあてると、サッと布団の中に潜り込む。

「こんな現場を見られたら結婚待ったなしよ。婚約破棄《こんやくはき》の可能性を捨てたくないならわたしを隠《かく》しきって！　いいわね？」

「は？　ちょっと待て……」

布団を被《かぶ》るのと同時に、ガチャリとドアの開く音が聞こえた。

「リューク様、おはようございます。今日はいつもよりずいぶんと早いお目覚めですね」

(この声は確か執事《しつじ》のシモンね)

主人が起きた気配を察してすぐに挨拶《あいさつ》に来るとはなかなか有能だ。さて、問題はリュークの反応なんだけど、上手《うま》く誤魔化《ごまか》してくれるかな。それとも……。

「………。今日は……いつもより夢見が悪くてな……」

セーフ！

とりあえず誤魔化してくれるようだ。よっぽど婚約破棄したいらしい。

引き続き聞き耳を立てていると、シモンの方から言いづらそうに報告が入った。

「ところでユスティネ様ですが、今朝も報告があがっております。なんでも今度はつい先《さき》程《ほど》、ご挨拶に伺《うかが》ったメイドに花瓶《かびん》を投げつけたとか……」

「……なんだと？」

リュークは聞き返したが、シモンはその驚《おどろ》きの意味までは汲《く》み取れなかったようだ。執事の心底うんざりしたような重い溜息《ためいき》が聞こえた。

「もう一度聞くが、あの性悪……いや、甘ったれ……ユスティネ王女が問題を起こしたのは本当についさっきなのか？　昨日ではなく？」

「ええ、こちらに伺う途中《とちゅう》で泣きながらメイドに報告されましたからね。間違《まちが》いありません。可《か》哀想《わいそう》に、まだ手の甲《こう》から血が流れていましたよ」

忌々《いまいま》しげに舌打ちするシモン。思わず下を向いたリュークと目が合ったので、もう一度しーっと人差し指を立てる。

わたしは昨日の晩からここにいた。だというのについ先程わたしがメイドに怪我《けが》をさせたとの報告。

偶然《ぐうぜん》とはいえ、実にいいタイミングだ。

(これでちょっとは話を聞く気になってくれたかしら？)

わたしの行動は、明らかに悪意ある虚偽《きょぎ》で捻じ曲げられて報告をされていた。

「王女の件についてはよく確認《かくにん》しておく。すまないが今日は朝食は抜《ぬ》きにしてくれ。もう少しだけ寝《ね》る」

「おや、医者を呼びましょうか」

心配する執事を追いやり、内側から鍵《かぎ》をかけたリュークはこちらに向きなおった。

「……それで、ご用件は何でしょうか」


朝食の予定だった三十分だけという約束で話し合いが始まった。

「わたし達、お互いに誤解があると思うの。今のやり取りだけでも分かったでしょう？あなたは酷《ひど》い悪女だと思っているかもしれないけれど、噂《うわさ》されるような悪い事はしていないわ」

リュークは腕《うで》を組んだ。

「……今まで聞いた報告は全《すべ》て虚偽だったと？」

「そうよ。だって婚約破棄を言い渡《わた》されたあの日に聞かされたのは身に覚えのない事ばかりだったもの。ちなみに、他《ほか》にどんな報告が？」

不謹慎《ふきんしん》かもしれないがちょっとだけわくわくしてしまう。『悪女なユスティネ王女』ってこう、悪の魅力《みりょく》というか、陰《かげ》のある魅惑《みわく》的なインモラルというか……。

「私が聞いていたのは気に入らない侍女《じじょ》や使用人をムチで打ったとか、髪《かみ》を引き抜いたとか、一枚ずつ爪《つめ》を剝《は》がしたとか」

　想像していたより遥《はる》かに凶悪《きょうあく》だった！

「ひぃぃ！　やらないわよ、そんな見てるこっちが痛くなるような事！」

「領地に到着《とうちゃく》するなり宝石商を呼んで王女にあてていた予算を一時間で使い切ったとか、庭師達が止めるのも聞かず大切に育てていた記念樹を景観が悪いと切らせたとか……」

　あ。それはやったかも。

　……。

「なるほど、事実無根のとんでもない嘘《うそ》ばかりね。なんと卑劣《ひれつ》な」

　まあ、砂粒《すなつぶ》ほどの事実はあったかもしれないけれども。それでも即《そく》王都に送り返らせられるほどの事はまだしてません、たぶん。

「特にあの記念樹は亡《な》くなった母上が手ずから植えられたものだったので、感情的になってしまいました」

「い、いいのよリューク！　人はみな間違《まちが》える生き物なの。気にするべきは過去より今、そして未来。そうでしょう？」

　わたしは早口でまくしたて、誤魔化した。

　心なしか視線が冷たいような気がするけど、バレてない……はず？

　うん、とっとと話を進めよう。

「最初にこの空気を作り出した人がいたはずよ。だからまず誰《だれ》がこんな話を広めたのか、確認する必要があるわ」

「……なるほど。誰かが王女を意図的に陥《おとしい》れようとした、と」

「！　そう、そうなのよ！」

思わず勢い込んでリュークの手を握《にぎ》った。

「王族に対する重大な反逆行為《こうい》ですね」

リュークの口調は穏やかなままなのに何故《なぜ》か冷気を感じる。

（うん……？　なんか怒ってる？）

「まあ、中には思い込みで言った人もいるだろうし、又聞《またぎ》きを伝えただけの人、ちょっとした失敗をなすりつけた人もいるはず。例えば間違えて割った花瓶をわたしがやったせいにするとかね」

なにせ誰も庇《かば》う気がないからやりたい放題だ。

今まで王家の七光りで好き放題やってきたわたしは、敵意に対してとても無防備だった。悪意を持った誰かがいたのならさぞや簡単な仕事だっただろう。

「許しがたいですね。犯人を見つけ次第《しだい》極刑《きょっけい》にしましょう」

「しないわよ？　一回深呼吸しましょうか」

そもそも訴《うった》えを信じてもらえないかもと警戒《けいかい》していたのに、彼はすんなりと話を受け入れてくれた。

「というわけでわたしとの婚約を破棄したいのなら、その前に本格的にわたしを断罪するという名目で、もう一度証言をとり直してちょうだい。誰が何を言ったのか詳《くわ》しく」

「証言をとり直す事にはもちろん異存はありませんが……貴方《あなた》を断罪するためにという理由は必要なのでしょうか？」

うーん。この人本当にいい人なんだなぁ。

「絶対！　必要！」

断固として主張する。

「いい？　ここの人達はわたしが嫌《きら》いで出て行って欲しいのよ。そのわたしを追い出すために証言をとってますって言われたらどうする？　わたしなら細かいところまで必死で思い出して、ぜーんぶ詳しく話しちゃうわ！」

「なるほど。そういうものなのですね」

そんな発想もないくらい、リュークは好き嫌いがあったとしても公平に対処するのだろう。だけど普通《ふつう》の人間はそうではない。向けられている視線がちょっと冷たくなった気がするがわたしはごく普通だ。

「なんなら新しい証言だってとれちゃうかもしれないわね。うふふ、楽しみ」

リュークはまじまじと見つめてきた。

「貴方は本当に変わっていますね。人に悪しざまに言われるかもしれないのに怖《こわ》くはないのですか？」

「全く気にならないわ！　だって誰が何を言おうがわたしの存在価値は変わらないもの」

「そこまではっきり言いきれるとはなかなか豪胆《ごうたん》ですね」

「ええ。生意気で目障《めざわ》りで、身の程《ほど》を思い知らせてやりたくなるってよく言われる」

自分のこの性格はあまり一般《いっぱん》受けするものではないらしい。まあそれさえも、だから何だとしか思わないわたしもわたしなのだが。

「私は好きですよ」

「………………。

（ああ、そういう性格がね。うん、この土地じゃめそめそするタイプは生きていけなそうだもんね！）

「そ、それにしても意外と話をすんなり受け入れてくれたわね。もっと拒絶《きょぜつ》してくるのかと思ったわ」

「……最近少し隣国《りんごく》に不穏《ふおん》な動きがあり、なかなか時間がとれずすみません。それに王女様に面会するとなると色々準備が必要でしょう」

「気を遣《つか》ってくれるのは嬉《うれ》しいけど、今みたいな簡略化した対応でいいのに」

「そうですね。お互《たが》いこれ以上なく簡略化した姿を見られているわけですし、今後はそうしましょうか」

（うっ……これ以上なく簡略化した姿って、朝のアレのことよね）

ちらりと上目遣《うわめづか》いで様子を窺《うかが》うといつものガチガチの正装とは違《ちが》い、普段着《ふだんぎ》でリラックスしたようにソファに座っているリュークと目が合う。あまり怒《おこ》っているようには見えない……というより、面白《おもしろ》いものを見ているような視線だった。

もしかして、からかわれてる？

（人を珍獣《ちんじゅう》かなにかのように……まあ、確かに強引《ごういん》すぎる手段をとった自覚はあるけど、遠慮《えんりょ》している間に追い出されたらお終《しま》いだし。それにこの人は多少の事は大丈夫《だいじょうぶ》かなって）

彼がわたしに対して怒るのは領民に危害を加えられそうな時だけ。逆に自分に無礼な態度をとられたり好き勝手に領内で遊びまわったりといったことは気にしない。冷酷《れいこく》そうな見た目に反してわりと許容範囲《はんい》は広いのかもしれない。

「一つ、質問してもいいでしょうか」

大切な質問をするかのように、リュークはゆっくり切り出してきた。

「先程、執事《しつじ》が入室した時に隠《かく》れたのはなぜですか？」

「え？　だから婚約破棄《こんやくはき》出来なくなるって」

「ええ、たとえ私達の間に何もなくともあの場を見られていたら、流石《さすが》に婚約解消は出来なくなるでしょう。だからこそ不思議なんです」

真っすぐに見つめてくるアイスブルーの瞳《ひとみ》が、その冷たさを増したように感じる。

「婚約解消したくないのなら、あの状況《じょうきょう》は貴方にとって都合が良かったはずですよね。何故ですか？」

確かにリュークの言う通りだ。しかしわたしの回答は至極《しごく》単純である。

「相手の選択肢《せんたくし》を奪《うば》って選べなくするやり方は好きじゃない」

絶対零度《れいど》のような瞳に臆《おく》することなくはっきりと言ってやった。回答を聞いたリュークは目を丸くし、その後小さく笑う。

（あ、笑顔《えがお》初めて見たかも）

それまでずっと冷たさしか連想させなかった色の瞳に、何故か温かみを感じた。

リュークは少し考えたあと顔を上げた。

「何故、そう婚約の解消を嫌《いや》がるのですか」

「え？」

「他《ほか》に優先すべきことがあったのも本当ですが、報告をわざわざ確認《かくにん》しなかったのは真偽《しんぎ》がどちらだって結果が変わらないからです。貴方は初日から一貫《いっかん》して王都に帰りたがっていました」

思わず言葉につまった。

「それが貴方の望みだと思って切り出しました。なのに突然《とつぜん》人が変わったように王都に戻《もど》るのを拒否《きょひ》するのは何故でしょうか」

「…………」

「正直、貴方の行動には困惑《こんわく》しています。まるで婚約の白紙を宣言したあの瞬間《しゅんかん》から別人になったかのようです」

(す、するどい……！)

記憶《きおく》が戻ったのは確かにあの時で、彼の考えは限りなく真実に近かった。

そして意外にもリュークは、ほとんど会話もなかったわたしをよく見て理解していた。

ハンスとの騒《さわ》ぎの時もそう。

逃《に》げる事ばかり考えてリュークと向きあおうとしなかったわたしとは大違《おおちが》いだ。

まさか死んで未来を知っているからです、だなんて言えない。

「無駄《むだ》に不安を煽《あお》るまいと黙《だま》っていましたが、今のバルテリンクは確実に安全な場所ではありません。特に隣接《りんせつ》しているキウル国に関しては良い噂《うわさ》を聞きませんし、秘密裏《ひみつり》に恐《おそ》ろしい魔法《まほう》の研究をしているという噂さえあるのです。距離的《きょりてき》にも近いですしこの土地が狙《ねら》われる可能性は高い」

その通りだ。わたしはその先の未来を知っている。

「私は貴方はここを出るべきだと思っています」

言うべきかどうか迷った後、彼は口を開いた。

「……それに、これはつい最近入った報告ですが、相手国に何故《なぜ》かこちらの情報が漏《も》れているようなのです」

それは初めて知った情報だった。

このところ彼が連日忙《いそが》しくしていたのはそれが原因なのかもしれない。

「こんな事は今まであり得なかった。戦力も豊かさでも優《まさ》っているバルテリンクが後手にまわるだなんて……。万が一にも貴方に何かあったら私は自分が許せないでしょう。だからこそ、無事なうちに王都に帰って頂きたいのです」

彼がそう決意するのも無理はない。

「確かに、わたしがうっかり怪我《けが》でもしたらお父様は烈火《れっか》のごとく怒るでしょうね」

「……そういう意味だけではないんですけどね」

確かにそれだけでは済むまい。下手をしたら責任を追及《ついきゅう》する王都と揉《も》めるかもしれないんだもの、慎重《しんちょう》になるのは仕方ない。

「ですから貴方への悪評は関係ないんです。早急にここを出るべきだ」

強い意志を感じる拒絶だった。

「お気遣《きづか》いありがとう。でも、だったらなおさらわたしを利用するべきではないの？　王族との婚姻《こんいん》ならば、普通の貴族令嬢《れいじょう》とは桁違《けたちが》いの持参金を用意できる。必要ならば王宮騎《き》士《し》をまとめて呼び寄せる事も出来るし、戦力を大幅《おおはば》に増強できるわ」

「…………」

キウル国とのいざこざなんて聞かされていなかったけれど、事情を知った今はお父様もそのつもりでわたしをバルテリンクに送り出したように思える。

それなのにわたしと婚約破棄しようとするなんて……。

苦い気持ちが胸の奥に落ちたけれど、それを無視した。

「わたしなら貴方《あなた》の力になれるのに、それでも追い返そうとするのは……恋人《こいびと》の伯爵《はくしゃく》令嬢と結婚《けっこん》したいからなのよね？」

心配だとか帰りたがっているとかそんな言葉で誤魔化《ごまか》されたくはない。

最初に来た日からずっと言われ続けてきた事なのだから覚悟《かくご》は出来ている。だから本心はどうあれ、彼にこう提案するしかなかった。

「わたしはお飾《かざ》りの妻で構わない。本当に愛する人とは別邸《べってい》を持ってそこで暮らせばいいのよ」

潔癖《けっぺき》そうなリュークには心苦しい選択《せんたく》だろうが、貴族として生まれた以上それくらいは我慢《がまん》してもらうしかない。

ああ、だけどさすがに別邸はうんと遠く離《はな》れた場所にして。想像だけでも苛々《いらいら》してきて、落ち着かない気持ちになる。

せわしなく爪《つめ》を噛《か》みながら、ふと前世の疑問を思い出した。

(そういえば前回のリュークは結局その後一年近くの間、誰《だれ》とも結婚はおろか婚約をする事もなかったけど、一体どうしてだったんだろう)

それがずっとわたしの中で引っかかっていた。

てっきり、追い出されたらすぐさま結婚するのだろうと思っていたのに、肩透《かたす》かしを食《く》った気分になった。後日彼から送られてきた手紙にも伯爵令嬢の事やお互《たが》いの結婚の事については一切触《いっさいふ》れられていなかった。

今は遠くなった時間の事を考えていると、リュークは不思議そうに首をかしげた。

「伯爵令嬢というと、モンドリア伯爵令嬢の事ですか？　確かに伯爵からは何度か打診《だしん》されたた事がありますが」

……なんでここでとぼけるのだろう。

ものすごく腹が立つんだけれど。

「この期《ご》に及《およ》んで変な誤魔化しは要《い》らないわ。お互いの為《ため》に本音で話し合いたいの！」

「では忌憚《きたん》なく言いますが、彼女は人の上に立つ器《うつわ》ではないと思います」

「…………え？」

「何故そんな話になっているのでしょう。大体そのつもりがあるならとっくに結婚してい

ると は思いませんか」

「う。いや、それは、ま、わたしもそう思ってたけど……？」

しかし何度もメイド達が当然の事のように話していたので、何か事情があるのだろうと思い込んでいた。

それに、リュークだって最初の頃《ころ》はわたしに対してすごく他人行儀《たにんぎょうぎ》でよそよそしい対応してきてたし！　普通《ふつう》もっと相手の喜びそうなお世辞の一つでも言ったり機嫌《きげん》をとったり、あるじゃない！

（……いやでも、そう言われてみると単にいつも通りのリュークだっただけかも）

わたしは腕組《うでぐ》みし、これまでにリュークとフローチェが恋人同士だという確たる証拠《しょうこ》があったかどうか考え直してみた。

そう……言われてみれば人の噂以外は……特にないかも。

うんん？

「じゃあ、フローチェと恋人同士って話は？　わたしのせいで結婚出来ないって！」

「彼女とそういった関係だった事は一瞬《いっしゅん》たりともありません」

……嘘《うそ》でしょう？

先入観って怖《こわ》い。

今までの悩《なや》んだ日々を返せ。

「私が結婚相手として考えているのは貴方だけですよ、ユスティネ王女」

わたしだけ。

王命の婚約なのだから、本来そうであるべき当然の事なのだけど。その言葉はじわじわと胸にしみて嬉《うれ》しさがこみ上げた。にやけるわたしにリュークの抑揚《よくよう》のない声がかけられる。

「それで改めて聞きますが、貴方がそこまで気持ちを変えた理由は一体なんですか？」

「うっ……」

探《さぐ》るような視線が突《つ》き刺《さ》さる。

彼は慎重な性格だ。ここで上手く説得できなければ、今度こそ強制送還《そうかん》コースになるだろう。だからといって自分自身ですら理解できていない「死に戻り」云々《うんぬん》を言いだすのは、絶対あり得ない。

(だけど、いい加減な嘘をついてもきっとすぐに見破られて終わりだわ。どう説明したらいい？　このちぐはぐで一貫《いっかん》性がない行動の意味を)

わたしの中でリュークは伯爵令嬢《はくしゃくれいじょう》と結婚したいはずで、だから先程《さきほど》の提案をすればすぐに飛びついてくるだろうと甘く見ていた。思わぬ反撃《はんげき》だ。

「わ、わたし……わたしが態度を変えた理由は……」

どうしたら……。

その時、天啓《てんけい》のように一つの考えが閃《ひらめ》いた。

「リュークに一目惚《ひとめぼ》れしたからよ！」

「え……」

ほんの一瞬だけ、いつもの皮肉っぽい様子や無表情とは違《ちが》う素《す》の青年の顔が現れた。

思わず口に出してしまえば後は勢いで言葉が流れ出る。

「一目見た瞬間《しゅんかん》に運命を感じたの。なのに初めて恋《こい》に落ちた相手は他《ほか》に恋人がいるなんて、乙女心《おとめごころ》が傷つくじゃない。悔《くや》しくて悲しくてすぐさま王都に逃《に》げ帰りたくなって当然でしょう？　でもいざ婚約破棄《こんやくはき》されるとなると、離れるなんて絶対嫌《いや》、たとえお飾りの妻でもいいからそばにいたいって思ってしまったのよ！」

自慢《じまん》じゃないけど、王都にいた時はよく知りもしない貴公子達から好きだとか愛してるとか耳にたこができるほど言われたけど、言う側になったのは生まれて初めてだ。

ああもう、なんなのこの照れくささは。しかもこっちはこれだけ恥《は》ずかしい思いをしたというのに、すでにすっかりポーカーフェイスなリュークの考えは読めない。

「…………なるほど？　それは全く気が付かなかったですね」

ギクリ。

（まあ、今考えつきましたからね）

リュークはわずかに首を傾《かたむ》け薄《うす》く笑った。

「それで、私のどこをそんなに気に入ってもらえたんですか」

「……ふぇ？」

「好きなんでしょう、私の事」

（は……はあああああああああああああ!?）

この人、とても告白してきた相手に向けるとは思えない冷静さでとんでもない事を質問してきた。

（嘘でしょ!?　まさか、相手に自分を好きになった理由を口に出して説明させる気？　信じられない！）

しかしまさか「特にありません」とは言えない。

（何か、何か言わないと……！）

「え、ええっと。そうね、物静かで落ち着いたところがいいわね」

「そうですか。他には？」

「ほ、他にぃ!?　え、えーっと…………………」

「おや、それだけなんですか。こんな辺鄙《へんぴ》で危険な場所に残りたがるほど好きになって下さったのでは」

「か、顔です！　とても好きな顔なの。背も高くてスラッとしているし」

「へえ。他には」

「…………っ！」

　ダラダラと冷や汗《あせ》が流れた。

（……ちょっと、これってもしかしてからかわれてる？）

　もしくは警戒《けいかい》されているのだろうか。だけどなんにせよ、追い出されたくないなら今度は『好きになった理由』を考えつかなければならない。

　深呼吸して目を閉じた。

　嘘をつく一番のコツは、本当を織り交ぜること。

「死に戻り」を隠《かく》すという嘘をつくためには、他は真実でなければいけない。

「……瞳《ひとみ》。王都では珍《めずら》しい、そのアイスブルーの瞳が気に入ったわ」

「瞳、ですか？」

「そう。貴方《あなた》の瞳はいかなる時も冷静で公正であろうと、常に感情を抑《おさ》え込んでいる。なんでも好き放題やってきたわたしとは正反対にね」

　思いつくままに、感情のままに生きてきたわたしとは全然違う。

　常に冷静、計画的で几帳面《きちょうめん》、公明正大。

　わたしから見れば信じられないほどの自制心の塊《かたまり》。生まれてから一度も悪事を働いたことがないかのような真面目《まじめ》くさった顔で、本心が全然見えない。

「だからこそ、その冷静沈着《ちんちゃく》な仮面の下を見てみたくなるの」


表に出す事のない感情はそのまま消えてしまうのだろうか。

わたしはそうは思わない。

むしろ抑えつけ自分の中にため込んだ気持ちほどより強く、いつまでもとどまり続けて結晶《けっしょう》のようになっていくのではないだろうか。

正しさ以外何もないような顔をしている彼が抱《かか》え込んでいるそれが、一体どんな色をしているのか。わたしはただそれが知りたいと思っている。

（……あれ。考えている事を包《つつ》み隠さずそのまま口にしてみたけど、これは好きになった理由とやらになるの？　それとも強制送還？）

ドキドキしながら視線を上げると、いつものように冷静そのもののリュークがいた。

でもちょっと頬《ほお》が赤い気がする。

「……先程《さきほど》も言いましたが、再調査の件に関しては異存はありません。まずは結果を待って、今後の事はその後に決めましょう」

「リュークだって少なからずわたしに興味があるはずよ。だってわたし達は、無視するにはあまりにも違いすぎるもの」

駄目《だめ》押《お》しで畳《たた》みかけると珍しく彼の方から目を逸《そ》らした。

絶対顔赤い。

「本当に貴方って人は……」

なんだろう。とっても勝った気分。

その日の夕食は何故《なぜ》かとても豪華《ごうか》だった。

二章

祝賀パーティー

一日の始まりは朝食から。

白を基調に美しく整えられた食堂に、麗《うら》らかな朝の陽《ひ》の光が差し込んでいる。

目の前の窓から中庭の緑が見え、鳥の囀《さえず》りまで聞こえる。その上向かいの席には目が覚めるような美形が座っているなんて限りなく幸先《さいさき》が良い気がする。

（一緒《いっしょ》に朝食を食べるなんて前回ではなかったことよね。これってものすごい進歩じゃない？）

にこにこと機嫌《きげん》の良いわたしとは裏腹に、リュークはいつも通りの無表情だ。欲《よく》を言うならもう少しにこやかにしてもらえるとさらに良いのだが、そこまでのサービスをする気はなさそうだ。

美術品のような優美な曲線を描《えが》く唇《くちびる》が開かれた。

「昨日申し上げた通り、安全な王都に戻《もど》るべきという私の意見は変わりません」

ちなみに人払《ひとばら》いしているので食堂にはわたしとリュークしかいない。二人しかいないはずなのにテーブルにはどう見ても四人分はありそうな食事が載《の》っている。誰《だれ》が食べるのだろう、これ。

「つまり、その隣国《りんごく》に情報を流している『裏切り者』とやらが捕《つか》まれば文句ないのね？」

「簡単に言いますね。もちろんそれについては調査を始めていますし、全力を尽《つ》くします。しかしそれとは別に問題がもう一つ」

自分の前に盛られたサラダからつやつやと光るトマトを選んで口に入れた。新鮮《しんせん》でとても美味《おい》しい。幸せ。

「貴方に対する周囲の評価が悪すぎます」

幸せな気分がちょっとだけ減った。

「だからそれは……」

「関係ないとは言いましたが、正式に婚約を結ぶのであれば貴方の悪評が問題なのは変わりはありません。原因がデマだったのであれ、はっきり申し上げますが今の貴方の評判は最低中の最底辺。婚約《こんやく》するのならそこら辺のパン屋の娘《むすめ》とすると言った方がまだ賛成してもらえます」

まごうことなくはっきり申し上げてきた。

「それは……不本意だけど、今までの行いを考えたら仕方ないわ。これから少しずつ挽回《ばんかい》してみせる」

わたしは最近特に気に入っているジャムがちゃんと朝食の席に用意されていることに気

が付いてパンを手に取った。

「バルテリンクは複数の貴族によって支えられ、身分の垣根《かきね》を越《こ》えて領民と手を取り合うことでいくつもの危機を乗り越えてきた特殊《とくしゅ》な地です。だからこそ結束が固く排他《はいた》的でもあります。たとえ安全面が保証されたとしても彼等と上手《うま》くやっていけないのであれば結局貴方にとって住みやすい場所にはならないでしょう」

本人達が了承《りょうしょう》すればいいって話じゃないってことだ。

(まあ、当然ね)

「モンドリア伯爵《はくしゃく》をはじめとした貴族は王家に表立って反対しないでしょうが、特に強い支持力をもつ騎士《きし》団長と有力者の中心人物、ボスマン家辺りに認めさせる事ができるかどうかが鍵《かぎ》になると思います」

口の中にジャムの甘さが広がって頬が緩《ゆる》んだ。

「そういえば、もうすぐ辺境騎士団の功績を称《たた》えるための祝賀パーティーがあるじゃない」

貴族や有力者、もちろん功績者である辺境騎士団も参加する大きな催《もよお》しだったはずだ。

「ここは是非《ぜひ》とも参加して華麗《かれい》なわたしの姿を見せつけるべきね」

「私としては出来れば欠席して頂きたいのですが」

リュークはどこまでもわたしを追い出したいようだが、聞こえないフリをした。

「どうせならそのパーティーで裏切り者を見つけ出せないかしら」

「……なんでそうなるんですか」

リュークが不可解そうに眉《まゆ》をひそめた。

「だって領主であるリュークが、存在を知っているのにまだしっぽを摑《つか》めないって事は、相手が上手く証拠《しょうこ》を消しているって事でしょ？　そんな事末端《まったん》の人間に出来るわけないわ。それなら少なくとも今度のパーティーに出席するぐらいの身分はある相手なんじゃないかしら」

「……やはり貴方《あなた》は、何も考えていないわけではないようですね」

わたしはにっこり微笑《ほほえ》むとリュークに指を突《つ》きつけた。

「注意深く、怪《あや》しい言動をするヤツがいないか探《さぐ》ってやるわ。ついでにイメージの改善を図《はか》って反対派の人達を味方につければ万事《ばんじ》解決！　でしょ？」

彼の半眼は、とても期待に胸を膨《ふく》らませているようには見えなかった。

「裏切り者についてはこちらが引き受けます。下手に厄介《やっかい》事に首を突っ込んで危険に身を晒《さら》すような真似《まね》だけはしないで下さいよ」

「ふふん、大丈夫《だいじょうぶ》よ。わたしだもの」

特に根拠《こんきょ》はなく胸を張る。

「うまくいったら婚約破棄《こんやくはき》は撤回《てっかい》！　約束よ」

一方的に宣言すると、わたしはジャムをたっぷり塗《ぬ》ったパンを再び口に放《ほう》り込んだ。リュークはまだ何か言いたそうだったが、諦《あきら》めたように息をつき、カトラリーを端《はし》に寄せた。

……気が付くとあれだけあった朝食をきっちり食べ終えている。

（あ、あれ？　いつの間に……）

確かにリュークも同じように食事をしていたが、決してがっつくわけでもなく早食いをしているようでもなかったのに。

彼はいつも通りの涼《すず》しい顔で口元を拭《ぬぐ》った。


というわけで、自室に戻るなり三日後の祝賀パーティーに出席する旨《むね》を意気揚々《いきようよう》とアンに伝えたのだが――

「そういうことはもっと早く言ってくださいよ！」

アンに思い切り怒《おこ》られた。しゅん。

「でも、当日言うよりいいでしょう？」

「あったり前です！　もう、どこから手を付けましょう？　とにかく公《おおやけ》の場に初めてユスティネ様が登場されるのですから完璧《かんぺき》に仕上げなくては……！」

なんだかんだ言ってわたしが少しでも良く見えるように懸命《けんめい》にコーディネートを考えてくれている。

「えへへぇ。ありがとう、アン」

一緒にブルの街に行ってから、以前よりアンと親密になった気がする。

「本当にそう思うなら次からはもっと早く言って下さいね！　せっかく素材がいいのに勿《もっ》体《たい》ない……い、いえ別に！」

そんな調子で慌《あわ》ただしく準備が始まったが、ドレスも宝石も靴《くつ》も厳選されたものを持ってきているのでさほど困る事はないだろうと思っていた。しかし……。

「甘い！　甘いですユスティネ様！　今からでもドレスを新調しましょう！　今からフルオーダーは時間的に無理ですが、とにかく最新のドレスを持ってこさせます」

「ええ？　ドレスならたくさんあるじゃない」

「駄目《だめ》です！」

アンはわたしが持ってきたドレスの数々をちらりと見ただけで一刀両断した。

「確かに素敵《すてき》な仕立てなのは認めますが、フリルやレースがメインの薄《うす》い生地《きじ》のドレスは王都の流行ではないですか。今回はバルテリンクのお偉方《えらがた》に認められるのが目的なのですよね？　でしたら断然、こちらで古くから受け継《つ》がれている刺繍《ししゅう》をメインにした装飾《そうしょく》のドレスを着るべきです」

「ええ!?　嘘《うそ》でしょう、このレースの精巧《せいこう》さが分からないの？　それにフリルだって通常のものとは全然違《ちが》う……」

「はいはい。とにかく有力者の方々に認められるにはこちらの流儀《りゅうぎ》にするのが一番ですよ。間違いありません」

むう。

(しかしまあ、そこまでアンが言うなら、その通りにしてもいいかなあ？　何を着たってわたしは可愛《かわい》いんだし、うん)

考えてみれば普段《ふだん》とは違うお洒落《しゃれ》をしてみるのも、それはそれで楽しそうだ。

「それじゃあ当日の衣装《いしょう》選びはアンにお願いしてもいいかしら？　わたしはこちらのドレスのことはよく分からないし」

「ええ、お任せ下さい。必ずやパーティーで一番注目を集めるような装いを考えてみせますから！」

頼《たの》もしい返事を聞いたわたしは安心して寝なおすことにした。

その日のうちに、早速《さっそく》仕立て屋がきて、わたしはアンや他《ほか》の若いメイド達の着せ替《か》え人形になった。

頭からつま先まで採寸されては繰《く》り広げられるドレスの品評会にへとへとになったが、アンがとても満足気だったのでよしとする。

「見て下さい、ユスティネ様！」

翌々日の夕方に持ってこられたドレスは確かに素敵な出来栄《できば》えだった。わたしの体形に合うように仕上げられ、緻密《ちみつ》な刺繍がふんだんに入っている。

「へえ？　いいじゃない」

「うふふ、明日《あした》が楽しみですね」

——そう笑いあったわたし達は、まさか次の日に事件が起こるとは思いもしなかった。


翌朝。

「大変ですユスティネ様！　用意していたドレスが……！」

そんなアンの悲痛な声で目を覚ますと、用意していたドレスはワインか何かをかけられたらしく、シミがついて着られない状態になっていた。しかもご丁寧《ていねい》にも王都から持ってきた手持ちのドレスまでがほとんどダメになっている。

とてもではないが今夜のパーティーに着ていけない。

「なんてこと！　一体誰《だれ》がこんな事をしたのよ！」

メイド達を呼び出したアンは問い詰《つ》めた。

しかし当然誰も名乗り出たりはしない。

「だって仕方ないじゃないですか。朝起きてチェックした時にはもうこんな状態だったんですもん」

メイド達の中でも特にわたしと折り合いの悪い、リーダー格のナナが不服気に口を尖《とが》らせた。

「ああもう、こんな時になんてこと！」

わたしは思わず天を仰《あお》いで呻《うめ》いた。

（ううん、こんな時だからこそかしら。わたしにダメージを与《あた》えたいなら絶好のタイミングだものね）

わたしが出席を決めたのはたった三日前。

速《すみ》やかにこんな事を仕掛《しか》けてくるだなんて、実行犯は内部の人間かもしれない。

「ユスティネ様、こんなのあんまりです！　侍女長《じじょちょう》に報告しましょう！」

「待って、アン」

その手を取って制止する。

言いつけるのは簡単だが、事はそう単純ではない。

「ユスティネ様……？」

確かに侍女長に報告すればどこからか新しいドレスを調達し、パーティーに問題なく出席できるよう上手《うま》く取り計らってくれるだろう。彼女はそれができる立場の人間だ。しかし……。

「ねぇ、衣装部屋の管理をしていたのはあなた達よね？」

わたしは気軽な様子を装いながら聞いた。

「そ、そうですけどぉ……」

「言っておきますけど、本当に私達がやったんじゃありませんからね」

ごにょごにょと言い訳がましく頷《うなず》きあっている。

「わたしはよく知らないから教えて欲しいんだけど、衣装部屋の出入りはあなた達以外、誰にでも出来るものなの？」

ナナは馬鹿《ばか》にしたように笑った。

「まさか！　施錠《せじょう》もしてありますし、何より奥にある部屋ですから外部の人間はまず無理ですよ。用もなく誰かがうろつけばすぐに気がつきますからね」

ふふんと偉《えら》そうにしているが、おバカなのはナナの方だ。

（という事はますますメイド達が怪《あや》しいじゃない）

この中に実行犯がいるのだろうか？　一番怪しいのは当番のナナ達だが……。

「施錠してるっていばってるけど、ナナ、今朝も休憩《きゅうけい》室に鍵《かぎ》置きっぱなしだったよぉ？」

「しっ！　その事は内緒《ないしょ》にしてって言ったでしょ！」

（……これ以上の推理は無理そうね）

それにしても彼女達にはあまり反省の色がないようなのが気になった。

ドレスが駄目になっても、侍女長か誰かに言えばなんとかなるだろう。せいぜい自分達がちょっと叱《しか》られてそれで終わりという楽観が漂《ただよ》っている。

彼女達がこうものさばったのは、自分にも責任がある。

本来ならば陰口《かげぐち》を言いだした時点でしっかりと注意しなくてはならなかったのに放《ほう》っておいた。悪い噂《うわさ》をばらまき婚約破棄《こんやくはき》に一役買ってくれる、便利な協力者ぐらいにしか思わずに無視し続けた結果がこれなのだ。

主人失格。

重く受け止め反省すべきで、その手始めに……。

全力で、その鼻っ柱をへし折ることにした。


「二週間……いえ十日？　早馬で連絡《れんらく》するでしょうし、もしかしたら貴重な転移魔法《まほう》で連絡してくるかしら……」

わたしはこれ見よがしに悲愴《ひそう》な顔でウロウロと歩き回った。

「……何がです？　ドレスなら侍女長に言えばいいじゃないですか」

案の定ほいほいナナが喰《く》いついて来た。

「侍女長に知られたら、こんな不祥事《ふしょうじ》は絶対に国王陛下に報告するじゃない」

「それがどうしたっていうんですか」

「王宮は、メイドがくしゃみをしたというだけの理由で鞭打《むちう》ちの上解雇《かいこ》になるのよ。王家の権威《けんい》とか威光《いこう》とかがここととは比べ物にならないくらいに重いの。ナナ達は自分がやったわけではないと言ったけど、ドレスの管理を怠《おこた》っていたという理由で全員処分、当番だった子達はさらに厳罰《げんばつ》に問われるでしょうね」

「そんな！　嘘でしょう……」

全くの嘘ではないが、誇張《こちょう》はしてある。

わたしは笑いを堪《こら》えながら悲しそうな顔で俯《うつむ》いた。

「ドレスにシミを作ってしまったなんて伝えたらきっと一人や二人の首では済まないわ」

「……ほ、本当に解雇まで？」

「ううん、さらし首という意味」

「う、嘘よ！」

そう叫《さけ》びはしたものの、確証がない上に迫真《はくしん》の演技で嘆《なげ》き悲しむわたしを見てじわじわと不安が湧《わ》いて来たのだろう。事態を軽く見ていたメイド達は事の重大さに気が付き、狼《ろう》狽《ばい》している。

特に真面目《まじめ》で心配性《しょう》な侍女のシエナは真っ青な顔だ。

「なぁんてね。大丈夫《だいじょうぶ》、心配しないで」

わたしは屈託《くったく》ない笑顔《えがお》でナナを安心させてあげる。

「で、ですよね!? そんなドレスくらいで……」

——脅《おど》しの基本は緩急《かんきゅう》だ。

ほっと緊張《きんちょう》を緩《ゆる》ませるナナににっこりと笑った。

「責任を取るのは管理者の仕事よ。一番重い罪を科せられるのは侍女長だろうから安心してね」

「全然安心でもなんでもないですよーっ!!」

メイド達、とりわけナナが侍女長に憧《あこが》れ尊敬しているのを知った上で、この発言は少し意地悪だっただろうか。

「ご、ごめん……いえ、申し訳ありませんユスティネ王女様!」

突然《とつぜん》、ナナがガバリと頭を下げた。

「私達は確かにこれまで態度も悪かったし、ドレスの管理も出来ていなかったので処分を受けても仕方ないと思います! でも、侍女長は何も悪くない、私達のせいで罰《ばつ》を受けるなんてさせないで下さい!」

……ちょっと驚《おどろ》きだった。

それまでは疑心暗鬼《ぎしんあんき》で狼狽《うろた》えているだけだったのに、侍女長の名前を出した途端《とたん》に頭を下げてくるだなんて。『手を取り合って結束が強い』、そんな風にバルテリンク領民を評したリュークの言葉を思い出す。

（なるほど、これは確かに）

「侍女長は私が失敗ばかりだった新人の頃《ころ》からずっとお世話になっている恩人なんです。いつか絶対に恩返しをしようと思っていたのに、私達のせいで責められるなんて絶対に嫌《いや》です。そ、その為《ため》なら……私の処分が重くなっても構いません！」

どうやら上司だからとむやみやたらに立てているわけでもないらしい。

（あの厳しくてお堅《かた》い侍女長を、こんなに慕《した》っているだなんてね。自分に向けられた愛情を素直《すなお》に受け取れる彼女達となら、この先分かり合える日も来る気がするわ）

メイド達の意外な一面にわたしは好感を覚えた。……が。

それはそれ、これはこれだ。

「そうは言っても、メイド達が不祥事を起こせば責任を取るのが彼女の仕事でしょ？　そしてその事はあなた達も知っていたはずじゃない」

「ううう……！」

「侍女長は全部のドレスが綺麗《きれい》になるまで、ずぶ濡《ぬ》れになりながらシミ落としをやらされるかもしれないわね。見せしめのため、この寒空の下で何時間も。夜になっても寝《ね》かされず、手はあかぎれになり、血が滲《にじ》んでも決して許してはもらえないのよ、ぐすっ……」

自分で言ってて歯の根が合わなくなりそうだ。

「そ、そんな……！」

ナナ達は半泣きになった。

（うん、まあそろそろいいかしら？）

最悪の未来をしっかりとイメージさせたところでくるりと向きなおり、わたしはメイド達に笑顔を向けて言った。

「――だからつまり。バレなきゃいいのよ！」

「…………はぁっ⁉」

ナナを筆頭にその場の全員があんぐりと口を開けた。


祝賀パーティーが始まるまであと十時間もない。

バレないように黙《だま》っているとなると何を着るかの問題が残る。

しかし残っているのは地味な色合いの無難なドレスばかり。しかもパーティーに出席するには格が見劣《みおと》りする。

「どうしようもありませんよ、ユスティネ様。あとは小物や宝石で誤魔化《ごまか》すしかありません」

アンはすっかり意気消沈《いきしょうちん》して諦《あきら》めモードだ。

確かに大人しく地味なデザインなら文句は出ないだろうけど、野暮《やぼ》ったく冴《さ》えない。

わたしは汚《よご》れたドレスの山の中から、昨日アン達が用意してくれたものとは別のドレスを手に取った。

「ねぇ、アン。ハサミを持ってきてもらえない？」

「？　いいですけど、なんでですか……？」

「どうせもう着られないのなら、わたしの好きにしちゃっていいわよね！」

「ユスティネ様？　ちちち、ちょっと待って下さい！　何をされるおつもりですか!?」

シャ――――ッ！

迷いや弱気を断《た》ち切るように、一気にハサミで切り裂《さ》いた。

「きゃあああああ！　ユ、ユスティネ様！　せっかくのドレスが……！」

次々にドレスにハサミを入れていく。何しろ枚数が多いので、綺麗な部分だけを選んでもかなりの量だった。

「この調子でいくわよ！」

「もう止《や》めて下さい！」

すでに着られないとはいえ、研《と》ぎ澄《す》まされた職人技《わざ》で作りこまれた特注品だ。目の肥えたメイド達にとってそんな芸術品が見る影《かげ》もないボロ切れにされていくのは苦痛の極《きわ》みらしく、ハサミを入れる度《たび》に「酷《ひど》い」とか「これ以上は見てられない」だとか非難の声が上がっていく。

一通りの作業が終わると今度は切り取られたレースをつまみあげた。それを元々用意していたバルテリンクのドレスにあててみせる。

(うん、確かこんな感じだったはず)

「ねえアン、シミが隠《かく》れるようにこんな風にレースやフリルを取り付けられないかしら」

「へ……?」

アン達はポカンとした顔をしている。

「レ、レースとフリルですか…!? でも、このドレスは刺繍《ししゅう》の美しさだけで着るのが伝統で……」

「別にいいでしょう? 遥《はる》か西の国では、刺繍と一緒《いっしょ》にレースやフリルを取り付けたドレスがあると聞いているわ。これだって同じようにアレンジ出来たらきっとすごく素敵《すてき》な新しいドレスになると思うの」

ちなみに知っているのは伝聞と文献《ぶんけん》だけで、実物を見た事がないのは伏《ふ》せておいた。

「例えばここはこう……ほら、中からレースをつけたら素敵じゃない?」

その発想はなかったらしく最初は訝《いぶか》し気だったメイド達も、いくつか例を見せてあげるとじわじわとイメージが膨《ふく》らんだようで目を輝《かがや》かせはじめた。

「新しいドレス……！」

特にナナは乗り気になったらしく目を光らせた。ただの思い付きだが、他にも何人かのメイドが興味を持ってくれている様子で、やはり悪くないアイディアな気がした。

「どう？　みんな力を貸してくれるかしら」

「もちろんです、ユスティネ王女様！」


――そこからは話が早かった。

(肝心《かんじん》なのはナナ達が積極的に手伝う気になってくれるかどうかだったけど、うまくいったわね)

今までの、仕事だからやるという義務的な姿勢ではなく、やるべきことをやるという意欲的な気持ちに切り替《か》わったメイド達は見違《みちが》えるほどよく働いてくれた。

特にメイドになる前はお針子も考えていたというナナの腕前《うでまえ》は素晴《すば》らしく、とても急ごしらえで作ったとは思えないドレスが出来上がった。

「うん、いいわね」

大きく変えたのはシミのある胸元《むなもと》と袖《そで》の端《はし》だけ。しかし古い伝統をベースに王都の流行をさりげなくとり入れたドレスは、元のものよりずっとわたしらしい気がした。アン達が真剣に選んでくれたものを無下にしたくなかったので考えた苦肉の策だが、上出来ではないだろうか。

「本当に素敵です。あとは年配の方達がどう受け取るかだけが心配ですが……」

「大丈夫《だいじょうぶ》、心配しないで。こんな素晴らしい仕上がりに誰《だれ》が文句をつけるっていうの。ましてやこのわたしが着ればどんなドレスだって最上級品よ。そうでしょう？」

にっこり笑ってみせるとアンが苦笑《くしょう》した。つられてメイド達の間にもちらほら笑顔《えがお》が戻《もど》る。

「さあ、時間がないわ。今から一気に支度《したく》をするわよ！」


ふらふらになりながらも身支度して、最後にアクセサリーをつけ終わった頃には、もうパーティーが始まる時間になっていた。

（ま、間にあったぁ……！）

こんなに頑張《がんば》ったのはいつぶりだろう。誰かわたし達を褒《ほ》めて欲しい。

達成感に浸っていると、つつとナナが近寄って来た。

「あの……その……」

ナナは気まずげに声をかけ、迷った末に口を開いた。

「パーティー、無事にうまくいくよう祈《いの》ってますから！」

その言葉は単に自分達の失敗が知られたくないとか、侍女長に迷惑《めいわく》をかけたくないという思いだけではないように思えたのは自惚《うぬぼ》れだろうか。

「ありがとうナナ、みんなの頑張りを決して無駄《むだ》にしないからね」

満面の笑みでそれに応《こた》えると、ナナはじわりと顔を赤く染めた。

——コンコン。

軽いノックに返事をすると、きっかり時間通りに迎《むか》えに来たリュークが顔を見せる。

ダークカラーを基調とした盛装姿は、普段《ふだん》とはまた一味違った魅力《みりょく》があった。見慣れているはずのメイド達の目から見ても改めて感動があるようで、誰とはなしに溜息《ためいき》を漏《も》らした。

「ユスティネ王女、準備は滞《とどこお》りなく済んでいますか」

「もちろんよ。全く何も、一切《いっさい》問題なんかなかったわ！」

「……そうですか」

アンをはじめとした周囲のメイド達は全員、隠しようもなく疲労《ひろう》でよれよれになっている。だが彼はちらりと視線を走らせただけで特に言及《げんきゅう》しないでいてくれた。

やがてわたしが着ているドレスに目を止めると、伝統的な意匠《いしょう》とは少し違うと気がついたのだろう。そのまましばし視線が止まる。

製作に関《かか》わったわたし達以外で初めての観客だ。

メイド達が固唾《かたず》を呑《の》んで見守っている。

平静を装ったが胸がドキドキした。

「……よくお似合いです」

いつもの無表情で淡々《たんたん》と言われたから、どこまで本気でそう思っているのか全然分からないが、少なくともメイド達はわっと歓声《かんせい》を上げ喜びあった。

「大成功ね！　あのご当主様がお召《め》し物について言及されるなんて！」

なんだかやたら低いハードルで感動されている。

一方わたしはそんなにお優《やさ》しい気持ちにはなれなかった。

（それだけ？　新しいデザインのドレスだなんて、王都の貴公子ならどんなに似合ってなくても褒めちぎって、おだてまくるところなのに。なんて気が利《き》かない、そんなんだからいつまで経《た》っても婚約者《こんやくしゃ》が決まらないのよ！　朴念仁《ぼくねんじん》！　冷血漢！）

心の声が聞こえないのを良《い》い事に思う存分罵《ののし》った。

もちろんそんなことはおくびにも出さない。エスコート役のリュークが差し出した手に余裕《よゆう》たっぷりに手を重ねた時、彼は視線を前に向けたままもう一度言葉をかけてきた。

「本当によくお似合いですよ」

「……そう」

囁《ささや》かれた称賛は、わたしにしか聞こえなかっただろう。いつも通りの無表情だったが、不思議と今度は気にならなかった。

「ありがとう、あなたも素敵だわ」

わたしは出会って初めて本心からリュークを褒めた。

「ユスティネ王女殿下《でんか》、並びにご当主様のご入場です」

入場者達の最後に名前を呼ばれ、広間に続く階段の前に立つと、驚《おどろ》いたような顔の一同がよく見渡《みわた》せた。

周知していたとはいえ本当に登場するのか疑っていた者も多いらしい。怠惰《たいだ》な王女が初めて姿を見せた事、それも仲が悪いはずの領主からエスコートを受けて一緒《いっしょ》に入場した事。それにわたしの着ているドレスのデザインも会場中の驚きに含《ふく》まれているように見えた。

(やっぱり注目を集める事になったわね。ここからが勝負よ)

高い天井《てんじょう》から垂れ下がった照明は、王都では貴重な魔石《ませき》の力を惜《お》しみなく使い光り輝《かがや》いている。青と銀の色を基調に飾《かざ》りつけられ、美しく照らされた会場は舞台《ぶたい》さながらの華《はな》やかさだ。

全員から受ける眼差《まなざ》しをものともせず堂々と階段を下りていく。まるでこの場の主人公かのように胸を張り、優美に微笑《ほほえ》んでみせた。

ほぅ、と若い世代の出席者から感嘆《かんたん》にも似た吐息《といき》が漏れる。会場の雰囲気《ふんいき》は困惑《こんわく》から憧憬《しょうけい》に変わり、次第《しだい》に歓迎《かんげい》へと移っていった。

わたしは思わず隣《となり》のリュークにどうだとばかりに微笑んだ。

「始まったばかりで浮《う》かれていると足を掬《すく》われますよ」

うむ、相変わらず手厳しい。

「転げ落ちそうになったらあなたが支えてちょうだい。今日はパートナーでしょ？」

「でしたらご自身もパートナーとして相応《ふさわ》しい行動をお願いします」

しっかり釘《くぎ》を刺《さ》されてしまった。

会場の片隅《かたすみ》では年配の重鎮達《じゅうちん》がわずかに眉《まゆ》をひそめているが、その程度は予想の範囲《はんい》内。悪くない滑《すべ》り出しだ。

リュークの挨拶《あいさつ》が終わると、いよいよ本格的にパーティーが始まった。

「初めましてユスティネ王女殿下。お目に掛かれて光栄です」

乾杯《かんぱい》が済むと少しずつ人が集まってきては挨拶をしてくれる。

「以前遠目から拝見した事はありましたが、これほど美しい方だとは」

「ええ、本当に。それにお召しになっているドレスはどちらの工房《こうぼう》のものでしょうか。本当に素敵《すてき》です」

「ありがとう、みなさん。こちらこそこうしてお会いする事が出来て嬉《うれ》しいわ」

にこやかに受け答えしているうちに彼らの警戒心《けいかいしん》もほぐれ、親しみを持ちはじめてくれたように思う。

口々に褒めたたえてくれるのはやはり同じような年代の若い人達が多い。

「それにしてもリューク様が年頃《としごろ》の女性をエスコートするのを初めて見ましたわ。お二人ともとてもお似合いでうっとりしてしまいました」

これは明らかにお世辞だろうが、一瞬《いっしゅん》返しに困ってしまった。

（しぶしぶ保留にしてくれたけど、リュークは未《いま》だにわたしが残る事に反対してるのよね。恋人《こいびと》との間に立ちはだかる邪魔者《じゃまもの》として追い払《はら》われないのは良かったけど……）

ちなみに今、リュークは少し離《はな》れた場所にいる。お互《たが》い挨拶をしたいと詰《つ》め掛ける相手が多いので、なんとなく距離《きょり》が空いてしまったのだ。別にわたしが彼に嫌《きら》われているとか、そういうことではない。たぶん。

少し遠い場所にいる彼を目で追った。

人々に取り囲まれていても、目を引く容貌《ようぼう》のせいだろうか、すぐに発見できてしまう。

普段から綺麗《きれい》な顔だなと思っていたが盛装して完璧《かんぺき》に仕上げた姿は本当に眼福ものだ。

遠目から見ても仕草や立ち居振《ふ》る舞《ま》いに品があり、他の人達とは雰囲気《ふんいき》が違《ちが》う。

（これであの冷たい目と無愛想がなければ、どこかの王子と言っても通用しそう）

つい、長く見過ぎたせいか目が合ってしまう。

内心の動揺《どうよう》を押し隠《かく》し、周囲に集《つど》う有力者を前にどうだと言わんばかりの視線を投げかけると、リュークは「まだパーティーは終わってませんよ」とでも言いたげに素っ気なく視線を逸《そ》らしただけだった。

(だから、そういうところよ！)

全くサービス精神のない婚約者（候補）を不満に思う。いや、それでも出席を許可してくれただけでも良しとするべきなのか……。

そんな風に他《ほか》の事を考えているうちに、ついに表立ってドレスを批判してくる者が現れた。

「本当にこの場でお会いできて幸運でしたよ。ですが、そのドレスは……」

いかにも頭の固そうな初老の男性が少しだけ嘲《あざけ》るような響《ひび》きで言いかけた。

(ふふ、待っていたわ！　最後まで言わせない、先手必勝！)

「ええ、とっても素敵でしょう？　リュークも素晴らしいと絶賛してくれましたの！」

いかにも無邪気《むじゃき》な様子を装ってリュークの名前を強調する。

嘘《うそ》は言ってない。

非常に淡々として本音は分からなかったが、確かに褒めはした。

「リュ、リューク様が？」

「そうですわ、ヘンドリック。あなたからも称賛《しょうさん》の言葉をもらったと、リュークにもしっかり伝えさせてもらうわね」

伊達《だて》に王都の社交界を生きてきたわけじゃない。

この数分の間でしっかり顔と名前を暗記している事を暗に仄《ほの》めかせば、彼はもう何も言う事は出来なかった。

「まあ、リューク様が？」

「確かに伝統的な刺繍柄《ししゅうがら》も入っていて、ただ奇抜《きばつ》なだけのドレスとは違《ちが》いますものね」

それまで判断を保留していた人達も、領主であるリュークが認めたと聞けば追従するように認めてきた。というか、想像以上だ。

狙《ねら》い通り、褒められたのだとただ自分からひけらかすよりも、こういうタイミングで返す方がずっと効果的に好印象を残す。

「あー……はい、本当に素晴《すば》らしいドレスですな、ええ」

敗れ去ったヘンドリックは何一つ自分の言葉を喋《しゃべ》る事が出来ずに、すごすごと会話の輪から外れていった。

（イメージの改善を図《はか》るっていう目標は、大体達成できたわよね。こうなってみるとドレスのアクシデントもあって良かったぐらいだわ。協力してくれた皆《みんな》には何かご褒美《ほうび》を考えておこうっと！）

わたしは上機嫌《じょうきげん》になり笑みを浮かべた。

（目標は果たせそうだし、この調子でもう一つの目的も達成できるかもしれないわね）

リュークは止めたが、この会場のどこかに裏切り者がいるのかもしれないのだ。

今日ほどのチャンスはそうはないと会話の端々《はしばし》にも耳をそばだて、さらにたくさんの人々と談笑《だんしょう》を重ねていった。

功績を称える祝辞も終わり、すっかり宴《えん》もたけなわとなったが結局怪《あや》しい人物は見つけられない。

疑心暗鬼《ぎしんあんき》になっているせいか、なんだか誰《だれ》も彼も怪しく見えているかもしれない。なにしろ王都ではスパイや裏切り者を見つけ出すのは別の誰かの仕事だった。

（うう、なんだか疲《つか》れちゃった）

目の前の人物が嘘をついているかもしれないと探《さぐ》りながら談笑するのは思いの外神経を消耗《しょうもう》する。

そう思うと十六歳からたった一人領主として上に立ち、年配の有力者達を立て、領民や使用人達の不満を解消し、尚且《なおか》つこうしている今も裏切り者を見つけようとしているなんてリュークは超人《ちょうじん》ではないだろうか？

（うーん、これは……なにかわたしも役に立つところを見せなければとても領主夫人にはしてもらえないわね。お兄様達には降嫁《こうか》なんてしたら今以上にやる事が増えて大変になるぞと脅《おど》かされていたけれど、単なる脅しではなかったのかも）

立場が違えばすべき事も違う。

婚約破棄《こんやくはき》させないようにとばかり考えていたけれど、本気で領主夫人となるのならばお客様気分は捨て、別の視点も持つべきかもしれない。

そんな事を考えていると背の小さな、痩《や》せぎすで神経質そうな中年男性が近づいて来た。

「これはユスティネ王女殿下《でんか》、お目に掛《か》かれて光栄です」

「ご機嫌《きげん》よう、モンドリア伯爵《はくしゃく》」

モンドリア伯爵はフローチェ嬢《じょう》の父親だ。

長年領主の一族とは付き合いが深く、広大な領土内の業務をいくつか共同で行ったり、場合によっては一任されているという。先代領主が亡《な》くなりたった一人になったリュークを補佐《ほさ》しており、その発言は重い。

（バルテリンク周辺に住む数少ない貴族。年回りの近いフローチェとの結婚《けっこん》をリュークに打診《だしん》していたというけど……）

モンドリア伯爵からは愛想《あいそ》の良さとは裏腹に腹に一物ありそうな印象を受ける。どこか慇懃《いんぎん》無礼で、それでいて指摘《してき》されるほどの失礼な態度はとらない。彼の髪《かみ》や瞳《ひとみ》の色と同じ、どっちつかずの灰色の態度だった。

「今日は素晴らしい衣装ですね。お美しい王女殿下によくお似合いだ。精緻《せいち》な刺繡《ししゅう》が実に見事ですなあ」

今日のわたしを見てフリルやレースに一切言及《いっさいげんきゅう》せずに褒《ほ》めてきたのは伯爵が初めてだ。実に見事に無視してきている。それだけでも彼の本音が分かった。

「ところでユスティネ王女様にお会いするのは、当主の間での婚約解消騒《さわ》ぎ以来ですな。あの時は本当に驚《おどろ》きました。リューク様が後できつく箝口令《かんこうれい》を布《し》いたので、噂《うわさ》する者はいませんがね」

伯爵は声を一段低くしてそっと囁《ささや》いてきた。

なるほど、もっと噂になるかと思いきや誰にも言われないと思っていたらリュークが口止めをしてくれていたらしい。

「しかし私は分からんのですよ。あのまま王都に帰られた方がずっと良かったのではないのかと……」

「それはないわ。わたしは帰らなくて正解だったのよ」

未来を見てきた実体験から自信満々に言い切った。

そこまで迷いなく言い返されるとは思っていなかったのか、伯爵はわずかにたじろいだ。

ふん、こっちは憶測《おくそく》どころじゃなくこの先を知っているのだ。

「……いや、勘違《かんちが》いしないで頂きたい。これは純粋《じゅんすい》な親切心で言っているのですよ。王女殿下はここにいても受け入れられることはない」

「え？」

「貴方《あなた》様も気がついているでしょう？　ここは仲間内の結束が本当に固いのです。そしてその分、外部の者には心を許さない。そういう下地があるのですよ。よそ者の貴方は何年経《た》っても受け入れられません……この私のように」

伯爵は自虐《じぎゃく》的な笑《え》みを浮《う》かべた。

確かによそ者に対して排他《はいた》的という話はリュークからも言われている。

「お節介《せっかい》は承知のうえですがね。王女殿下はまだ若いのだし、その美貌《びぼう》でいらっしゃる。わざわざ苦労なさらなくても、いくらでも結婚相手は選べるでしょう。短気を起こさずもう一度よくお考え下さい。今ならまだ間に合う」

「……ご忠告ありがとう」

肯定《こうてい》も否定もせずに返すと、伯爵はすぐに立ち去っていった。

モンドリア伯爵は貴族として王族のわたしを無視することも出来ずに声を掛けてきたの

だろうが、短いやり取りだけでずいぶん疲《つか》れてしまった。

何か飲み物をと思い、会話の輪から外れて会場をうろつくと、そう遠くない場所に若い女性の輪を見つけた。

その中心にいるのは一人の令嬢。

（フローチェ・モンドリア伯爵令嬢……！）

非常に可愛《かわい》らしい顔立ちに優《やさ》し気な雰囲気《ふんいき》をまとった深窓の令嬢そのもの。女性らしい淑《しと》やかな笑顔が印象的な少女だった。

年齢《ねんれい》はそうわたしと違わない。全体的に色素が薄《うす》く、スラリと上背《うわぜい》がある容姿はいかにもバルテリンクの人の特徴《とくちょう》だった。どことなくリュークに似た雰囲気があり、彼を女性にして優しさと愛想をふんだんにまぶした後、あらんかぎりの慈愛《じあい》を振《ふ》りまいたならフローチェになるだろうか。

（まあ優しくて愛想があるって時点で、もはやリュークじゃないけどね！）

彼女を取り巻く令嬢達はこちらに険のある視線を投げかけてくるが、当のフローチェは何を考えてるのかよく分からない。人々の会話に時折相槌《あいづち》をうちながら、控《ひか》えめに微笑《ほほえ》んでいるだけだ。

ここは挨拶《あいさつ》しておくべきなのかとわずかに迷っていると、わたしに気が付いた取り巻きの一人がずんずんと歩み寄って来た。

（うわ、なんだろう？）

あまりいい予感はしない。

「初めましてユスティネ王女殿下。私ボスマン家のエルマと申します」

（ボスマン家！　有力者達の中でも中心的な家門。しかも、フローチェ伯爵令嬢の家とは懇意《こんい》だと言うわ）

エルマは会場の中でも一際《ひときわ》派手ないでたちをしていた。意志の強そうなキリリとした目とギュッと結ばれた口元。先程《さきほど》フローチェ達の輪の中にいた時も会話を主導していたのは彼女だったように思う。

「初めまして、エルマ嬢。お会いできて嬉《うれ》しいわ」

エルマは口元を歪《ゆが》めた。

「王女殿下はとっくに王都にお戻《もど》りになっていたのかと思いましたわ」

（お。ついに喧嘩《けんか》を売ってくるのに当たったわね）

リュークがわたしを王都に帰したがっている事は周知の事実だ。だというのに未《いま》だにバルテリンクに残るわたしに不満を持っているのはエルマ一人ではないだろう。

ここで素直《すなお》に自分の非を認め、許しを乞《こ》えばエルマは気が済み立ち去ってくれるかもしれない。場合によっては大人しく暴言に耐《た》える姿に同情して味方になってくれる人物もいるだろう。

(だけどわたしはそんなの絶対嫌《いや》よ！　舐《な》められてたまるもんですか)

従順さを演じてお情けを頂くなんて真っ平だ。

長いスカートの中で足を仁王《におうだ》立ちにさせ、腕《うで》を組んだ。

あえて強気な笑みを浮かべると、わずかにエルマがたじろぐのが分かった。

(誰《だれ》かが突《つ》っかかってくるのは想定内。返り討《う》ちにして誰もわたしにたてつこうだなんて考えないようにしてあげるわ)

いざ牙《きば》を剝《む》き出しにして爪《つめ》を立ててやろうと口を開こうとすると、今度は別の人物が闖《ちん》入《にゅう》してきた。

「エルマ！　こんなところにいたんだね。会場中を捜《さが》したよ」

緊張感《きんちょうかん》が漂《ただよ》っていたわたし達の間に割って入るように一人の青年が飛び込んできた。柔《やわ》らかそうな栗色《くりいろ》の巻き髪《がみ》で、たれ目とふにゃりとした柔らかい表情。エルマに対し分かりやすいほど甘ったるい空気を発散している。

「レ、レオン」

「ああユスティネ王女殿下《でんか》、大変失礼致《いた》しました。僕はレオン・ボスマン。ここにいるエルマは僕の妻なんです。エルマ、いつも言っているじゃないか。僕から離《はな》れないでって」

「……はあ」

二対一だって負けるつもりはないととっさに臨戦態勢をとったが一気に毒気を抜《ぬ》かれて

しまった。

「……夫婦《ふうふ》仲が大変よろしいのね」

「い、いえ別に……！　ちょっとレオン、もう少し離れてよ！」

エルマは顔を真っ赤にして怒《おこ》っているが、さっきのような殺気立った雰囲気はすっかり引っ込んでいた。

「エルマ、ちょっとアルコールを飲み過ぎたんじゃない？　あっちのバルコニーで少し休《きゅう》憩《けい》しようよ。今度の新婚《しんこん》旅行の件で相談したい事もあったんだ。王女殿下、お目に掛《か》かれて大変光栄でした。妻が酔《よ》ってしまったようなので僕達はこれで失礼します」

「あー……うん、はい。さようなら」

やたらいちゃいちゃとしながら去っていく新婚夫婦を引き留めるほどの酔狂《すいきょう》さは持ち合わせていない。げんなりしながら手を振った。

（……大丈夫《だいじょうぶ》かな、あの夫婦）

だが立ち去る間際《まぎわ》、安堵《あんど》した表情を見せたレオンにその感想が覆《くつがえ》る。

エルマは気性《きしょう》が荒《あら》いうえに、リュークと噂《うわさ》になっていたフローチェとも仲が良い。ならば納得《なっとく》できない気持ちのままわたしに噛《か》みついてくる可能性を、夫のレオンなら容易に予想が出来ていたのではないだろうか。

（なるほど、何かあったら妻を止めようと目を光らせていたのね）

　どうやらレオンは優男《やさおとこ》風の見た目に反し、なかなか頼《たよ》りになる人物のようだった。

（ふふ、でも妻が可愛くて仕方がないっていうのは演技だけじゃなさそうね。しょうがない、わたしに対する無礼は新婚の次期当主に免《めん》じて見逃《みのが》してあげ…………うん？　新婚旅行……？）

　──なにか、引っかかった。

　生活に余裕《よゆう》のない平民は元より、深く雪が積もるバルテリンクでこの時季に新婚旅行をしようとする者はそうはいない。

　新婚旅行……夫婦…………。

　その時、思い出した。そうだ『前回』だ！

「ま、待ちなさい！」

　慌《あわ》てて二人を引き留めた。

　緊迫《きんぱく》した状況《じょうきょう》を切り抜けたと思っていたレオンはギクリと肩《かた》を揺《ゆ》らして振り返る。

「……ユスティネ王女殿下、何かまだご用でしょうか？」

「その新婚旅行とやら、取り止《や》めなさい」

「え？　今、なんとおっしゃいました？」

　わたしの言葉に眉《まゆ》をひそめたのはボスマン夫婦だけではなかった。人々はいきなり何を言いだすのかと囁《ささや》き合う。

しかしわたしは周囲の様子に無頓着《むとんちゃく》だった。

「だからその新婚旅行に行くのは止めなさいな。そうね、少し時期を遅《おく》らせて行けばいいんだわ」

わたしが知っているのは数行の報告書の文字だけ。

正式な貴族籍《せき》を持たない彼等はただ『事故に遭《あ》った新婚夫婦』とだけ記載《きさい》されていた。

このままでは彼らは旅行に出発してそのまま事故死してしまうが、事故に遭うのは予定通りの行程だった場合だ。

少し日程をずらせばいい、それだけの話のはずだった。

「……どういう事でしょうか王女殿下?」

王都で王族が言えば黒いものでも白くなる。

わざわざ理由まで聞かれる事などほとんど経験したことがなかったわたしは、レオンの質問に首を捻《ひね》った。

「何故《なぜ》質問をするのかしら。簡単な事でしょう?」

それは純粋《じゅんすい》な疑問だった。

しかし周囲はそうは思わなかったようで一気に空気がざわついた。

(あれ、今の言い方だと圧力をかけているように聞こえる?)

そんなつもりはない。

だけどエルマとわたしはついさっきまで一触即発《いっしょくそくはつ》な雰囲気《ふんいき》で、傍《はた》からは穏便《おんびん》に済ませようとするレオンを無視し、さらに嫌がらせを言ってきたように見えたかもしれない。

思い至ったわたしは血の気が引く思いだった。

（違《ちが》う、違うわ。そうじゃない。そうじゃないのに！）

「そうじゃなくて、その……」

何かを言わなくてはと口を開いたのだが、エルマは完全に誤解しているようで今にも噛みついてきそうな顔で睨《にら》みつけてきている。レオンも彼女をなだめようとしているが、しつこく食い下がって来たわたしに戸惑《とまど》い、嫌悪《けんお》する気持ちを隠《かく》しきれていない。

気まずい空気の中、わたし達の間に割って入る人物がいた。

「エルマ、落ち着いて。王女殿下は貴方《あなた》の計画を邪魔《じゃま》するつもりでおっしゃったわけじゃないわ」

「フローチェ、だって！」

興奮して今にも摑《つか》みかかってきそうなエルマをなだめに来たのは、フローチェだった。これまでも不穏《ふおん》な気配があるときは彼女が仲裁《ちゅうさい》してきたのだろう。周囲はフローチェの姿を見ると心なしかほっと安心したように見える。

「だけど突然《とつぜん》旅行を止めろだなんて、一体どういう意味があって言うというの？　だいたい王女殿下は私達がどこに行くかご存じないでしょう？」

「それは私にも分からないけど……でもきっと何か深いお考えがあるのよ。そうですよね、ユスティネ王女殿下？」

「え!? あ、そ、そうね！　色々考えが……えーっと……」

言い訳を用意していなかったわたしは盛大に狼狽《うろた》えた。

（このまま旅行に出かければあなたは事故に遭います？　いいえ、巫女《みこ》でも予言者でもない人間がいきなり言いだしたらデタラメを言っていると思われるだけだわ。他《ほか》に理由、理由……駄目《だめ》だ、何も思いつかない。そもそも事故死する予定の夫婦に会うなんて想定してなかったもの！）

片や凜《りん》とした空気をまとい、この場を治める為《ため》にもひたすらに王女を信じようとする高潔な令嬢《れいじょう》。そしてもう一方は真意を問いただされ、うまく答えられずに棒立ちになっている傲慢《ごうまん》な王女。

どちらに正義があり、どちらが排除《はいじょ》されるべき悪なのか。

その答えは一目瞭然《いちもくりょうぜん》といったところだ。

（どうしよう……このままじゃマズイ！）

焦《あせ》るわたしの背後から、岩のような巨大《きょだい》な人影《ひとかげ》が近づいた。

「お答えになれないのならば、ボスマン夫妻には予定通りに出発して頂いてもよろしいでしょうな、ユスティネ王女殿下」

「レーヴィン団長……！」

フローチェが驚いたように声を上げる。

レーヴィン団長というと、王宮騎士《きし》とは全く別編制のバルテリンク固有の私兵、辺境騎士団の騎士団長に違いない。巌《いわお》のように固く堅牢《けんろう》な肉体に重厚《じゅうこう》な存在感。初老の戦士は歴戦の猛者《もさ》というに相応《ふさわ》しい鋭《するど》い眼差《まなざ》しを持っていた。

フローチェが慌《あわ》てて礼をとると、彼女とは懇意《こんい》なのか、騎士団長は優しく微笑《ほほえ》む。

しかしわたしに向きなおると一変、厳しい態度に切り替《か》わった。

「先程《さきほど》の発言、どのような意図で申されたのか。儂《わし》もとても興味があります」

「…………」

「当然ご存じでしょうが、彼らは招待されて他国に行くのです。時期が重なったので新婚《しんこん》旅行も兼《か》ねて周辺国を回る予定のようですが、本来の用件は重要な外交。取りやめるわけにもいかず、勝手に日程を変更《へんこう》するわけにもいきません」

ただの新婚旅行かと安易に考えていたのに、そんな事情があっただなんて。

驚《おどろ》いたことをなんとか表情に出さないように努めたが、すぐに適切な返答が出来なかった時点で何も知らずに言っていた事は丸分かりだった。

「領地のための必要な外交だというのに、事情も知らないで感情的に口を挟《はさ》むとは。視野が狭《せま》く自分勝手に振《ふ》る舞《ま》う貴方は領主の伴侶《はんりょ》として相応しくない」

「……っ！」

一刀両断する言葉に息を呑《の》んだ。

遠くからくすくすという嘲笑《ちょうしょう》がまとわりつくように聞こえてくる。

「なんでも王女殿下《でんか》はすでに当主様にも見限られ、王都に帰るように言われているとか」

「それをいつまでも未練がましくしがみついているなんてみっともない。早くお戻《もど》りになればいいのに」

「そういえばあまりの素行の悪さにすでに婚約破棄《こんやくはき》されたことがあるとか。そんな王女を国王命令で押しつけられるなんて領主様がお可哀想《かわいそう》」

（くっ……！）

こんな風に会場の悪意を一身に浴びるだなんて屈辱《くつじょく》だ。

騎士団長は話す価値もないと言わんばかりに鼻白み、フローチェは聖女然とした佇まいで心配そうに私を見てる。

視界の端《はし》でリュークがこちらに向かってくるのが見えた。

そしてわたしは……。

「ふふ……ほほほ！　嫌《いや》だわ騎士団長、みんなが本気にしてるじゃない！」

さも可笑《おか》しくてたまらないというようにころころと笑ってみせた。

レーヴィン団長は何事かと顔をしかめ、フローチェをはじめとした周囲も戸惑っている。

もっと恐《おそ》ろしい事にわたし自身ですらこの後どう言葉を続けるか考えついてない！

（いや、これでいいのよ。弱気を見せれば侮《あなど》られる。とにかく場の空気をこっちのものにしなくちゃ！）

わたしはさも勿体《もったい》ぶった言い方でしなを作った。

「まさかあなたともあろう方が何も分からずに尋《たず》ねてらっしゃるの？　ああ、それとも分かっているのに皆《みんな》の前で説明させようとしているのかしら」

「なんだと……？」

くどいようだが、わたしにだって何の事だか分かってない。

分かってないが、それでも余裕《よゆう》を崩《くず》さずに出来るだけ時間を稼《かせ》ぎ、頭をフル回転させた。

（何か……何か……！）

その時、過去に読んだ報告書が頭の中に思い浮《う》かんだ。

「……ヘリツェン渓谷《けいこく》」

「何……？」

「今はそれだけしか言えませんわ、お祝いの席ですものね。うふふふ」

思い切り思わせぶりに。

だけど何一つ確かな情報は与《あた》えずに。

強く好奇心《こうきしん》を刺激《しげき》された来客達は直前のレーヴィン団長の愚弄《ぐろう》の事は忘れ、一体何事かとしきりに噂《うわさ》し合う。わたしはただ謎《なぞ》めいた微笑を浮かべ続けた。

――もちろん、背中には滝《たき》のような冷や汗《あせ》が流れまくっているわけだが。

(あああああああああどうしようどうしよう!?　ヘリツェン渓谷の名前を出してしまったけど良かったのかしら？　でもそもそも夫婦《ふうふ》の事故死以外はその単語しか知らないし！)


至近距離《きょより》で見れば小刻みに震《ふる》えうっすらと涙《なみだ》を浮かべているわたしだったが、遠くからなら余裕そうに扇《おうぎ》をあおいでいるように見えただろう。

そんな中、わたしに二人の人物が声を掛《か》けてきたのはほぼ同時だった。

「ユスティネ王女」

「王女殿下、どういうことかちゃんと説明を……！」

一人はいつの間にか近くに来ていたリュークだった。

もう一人はまだ文句を言い足りないといった風情《ふぜい》のエルマ。周囲の者があれよあれよという間にわたしという悪役を退治してしまったが、彼女自身の手で引導を渡《わた》さなければ気が済まなかったようだ。

しかしその勢いが余って彼女の手にあったグラスから、数滴《すうてき》のワインがこぼれ落ちるのがスローモーションのように見えた。

（ああっ……！）

その瞬間《しゅんかん》ばかりはわたしとエルマは同じように青くなっていただろう。彼女のグラスから飛び出した雫《しずく》は放物線を描《えが》きながらわたしのドレスに小さなシミを作ってしまった。

（ああーっ!!）

何も分かっていなかったメイド達とは違《ちが》い、エルマは王宮の厳粛《げんしゅく》さを聞いたことがあるらしい。公共の場で王族のドレスを汚《よご》すという事がどれほどの大罪であるか少しは分かっているようだった。

そこには故意も偶然《ぐうぜん》も関係ない。

下手をすればエルマ自身の首だって本気で切られかねない。

（どうしよう、なんとかしなきゃ）

不幸中の幸いなのはシミは小さく、この事に気が付いているのはまだわたしとエルマだけ。しかしそれもすぐに周囲の目ざとい視線に気づかれてしまうだろう。

（迅速《じんそく》に！　今すぐ！　なんとか隠《かく》し通さなきゃ……なにかなにかなにか！）

わたしはとっさにエルマの持っていたグラスを奪《うば》うとそのまま勢いよく床《ゆか》に叩《たた》きつけた。

ガシャーン！

「い……いい加減にしなさい！　わたしに歯向かうだなんて生意気だわ！」

突然癇癪《とつぜんかんしゃく》を起こしたかのようにエルマを怒鳴《どな》りつけた。これでドレスのシミはわたしがグラスを床に叩きつけた瞬間にできたものだと思われるだろう。

（これでエルマがつけてしまった汚れについては誤魔化《ごまか》せるはず！　……そっちの方だけは……なんとかなったはず、だけど……）

「え、ちょっと見た？　今の……」

「信じられない。なんて暴挙だ！」

「噂よりも酷《ひど》いじゃない、なんなのあの王女は！」

会場内は一気にざわめき、今までの比ではないぐらいに冷たい視線が降り注いでいる。

（えっと、どうしようコレ……）

エルマだけはわたしが失態を隠そうとしているのに気がついたようだけど、どうすることもできずにオロオロしている。

冷や汗どころか、眩暈《めまい》すらしてきた。

（悪いイメージを払拭《ふっしょく》するために出席したはずなのに、出席前よりも印象を悪くしてどうするのよ！）

心臓が緊張《きんちょう》でバクバクしている。

このままでは……。

「ユスティネ王女」

侮蔑《ぶべつ》も高揚《こうよう》もない、いつも通りの無感情な声に心臓がドクリと跳《は》ねた。

言い訳が考えつかずまごついた。

「リュ、リューク、これはその……」

周りもついにあの王女に引導が渡されるのかと、息を呑んでわたし達を見ている。

違う、そうじゃない。

そう言いたくても説明が出来ない。

もう追い返されるしかない、そう思った時。

「……大丈夫《だいじょうぶ》ですか」

「……えっ」

あまりにも優《やさ》しい口調で話しかけられ自分の耳が信じられなくなる。これは幻聴《げんちょう》か、はたまた……？

「具合が悪いと言っていたのに無理して出席をするから。顔色が悪いですよ」

掛けられた言葉は思いやりに満ち、甘い響《ひび》きすらあった。

……具合が悪いって何の話だ。

周りも想像していたものとは大分違うリュークの態度に、不思議そうに顔を見合わせている。

「え、いや別に具合が悪いだなんて……」

言いかけるわたしの手を取ると、温度を確かめるようにそっと頰《ほお》を寄せた。

「ああほら、指先もこんなに冷たい」

指先に軽く口付けほんのわずかに微笑《ほほえ》みを浮かべる。

「……!?」

ザワッと周囲の動揺《どうよう》が伝わった。

むしろ、わたしの頭の中が一番動揺していたかもしれない。

ほんのわずかな微笑と言える程度の変化でしかないというのに、普段《ふだん》の無愛想とのギャップのせいでものすごい破壊《はかい》力だった。

(いや、待て待て！　あなたそういうキャラじゃなかったでしょ!?)

気が遠くなりそうになるが周囲の令嬢《れいじょう》たちは頰を染め、

「まあ……仲がよろしいのね！」

とか

「私、とんだ勘違《かんちが》いをしていたようですわ……」

などと言いながら目を逸《そ》らしている。

いや違うから！

全力で否定したいがあっという間に「具合が悪くてつい失言をしてしまった王女とそれにいち早く気がつき心配する婚約者《こんやく》」という図式が出来上がっている。

思わず大声で叫《さけ》びだしたい衝動《しょうどう》にかられるが、そうすれば今度こそ挽回《ばんかい》のしようがない。

（というか具合の悪さと失言はそんなに関係がなくない⁉）

だが貴重なリュークの微笑にすっかり心を奪われている令嬢達にそんな無粋《ぶすい》な発想は存在しないようだし、他《ほか》の有力者達も露骨《ろこつ》にわたしを庇《かば》う領主様に真っ向からたてつくつもりはないらしい。お祝いの席ということもあって、なんだかもうそういう事で通ってしまっている。

あ、こういうのは理屈《りくつ》じゃないんですね。はい。

全《すべ》てを諦《あきら》め諸行無常を感じているとふわりと体が浮いた。

きゃあっと黄色い声が上がる。

「申し訳ないが王女は体調が思わしくないようだ。私達はこれで退席するが皆《みな》は引き続き楽しんでくれ」

今度こそ目が点になった。

リュークは軽々とわたしを横抱《よこだ》きに抱き上げ歩き出す。いわゆるお姫《ひめ》様抱っこだ。

そして今知ったけど人前でやられると恥《は》ずかしさが半端《はんぱ》ない。

赤面ものどころの話じゃなかった。

(一体どういうつもりなのよ!)

せめてもの抗議《こうぎ》とばかりにリュークを無言で睨《にら》みつけても全然意に介《かい》さないばかりか、ささやかな反抗《はんこう》を楽しんですらいそうだった。見下ろしてくる、からかい混じりの瞳《ひとみ》に撃《げき》沈《ちん》したわたしは瞼《まぶた》を閉《と》ざし全てを放棄《ほうき》するしかなかったのだった……。


「うわあああああん! 最悪だわ! もう金輪際パーティーには出席できない!」

人目がなくなった事を確認《かくにん》したわたしは頭を抱《かか》え、その場にのたうち回った。ボスマン夫妻のいちゃつきっぷりに苦笑《くしょう》していた過去の自分が耐《た》えられない。

結局あの体勢のまま自室まで送り届けられる事になったわたしはボスマン夫婦《ふうふ》以上のいちゃいちゃラブラブカップルとしてみんなの脳裏《のうり》に刻まれたに違《ちが》いなかった。

ああもう、過ぎた事は脳内から消去しよう。暴れようが暴言を吐《は》こうがびくともしないリュークに運び込まれたのだからもはやどうしようもなかったのだ。

以上、終わり!

………。

「もう、もう！　どこにもお嫁《よめ》に行けないわ！　うわあああん！」

「一体どこに嫁に行くつもりなんですか」

呆《あき》れたような様子のリュークが何故《なぜ》か部屋に居座り、苦悩《くのう》するわたしを観察している。

その表情は普段どおりの無表情に戻《もど》っており、何を考えているのか相変わらず分からない。

「大袈裟《おおげさ》ですね。貴方《あなた》が気にするほど周囲はいちいち覚えていませんよ」

元凶《げんきょう》が何かのたまっている。

助け船を出してもらったことは理解しているが、こんなにも羞恥《しゅうち》に悶《もだ》え苦しんでいるのにリュークだけノーダメージなのは本当に納得《なっとく》がいかない。

第一、彼の真意が分からない。

「リューク……。多少の生き恥《はじ》はともかく、助かったって言いたいけど、どういうつもり？　あなたはわたしに王都に帰って欲しかったのでしょう？　婚約を解消したいリュークからすれば、評判がさらに下がるのはむしろ歓迎《かんげい》のはずじゃない」

「ええ。ですが、どうせいくら反対しても諦めないのでしょう」

こくこくと頷《うなず》く。こっちは命が懸《か》かってるんだから当然だ。

「なんというか、無駄《むだ》に失敗して痛い目にあっている貴方を見るのは忍《しの》びないんですよね。生まれて初めてです。こんな気持ち……罪悪感……？」

その年で初めてです罪悪感を知るのは、相当よくないと思う。

「同情なんかいらないわよ」

わたしは鼻を鳴らした。

「素直《すなお》じゃないですね」

リュークの呟《つぶや》きなんて聞こえない。ぷい。

「ヘリツェン渓谷《けいこく》について何かご存じなんですか？　夫妻が渓谷を通る事は、防犯上の理由で秘匿《ひとく》されていたはずですが」

そんな事は初耳だ。

「王宮の情報収集力を甘く見ないで欲しいわね」

もちろんハッタリ以外の何物でもない。

「そうですか。騎士《きし》団長は早速《さっそく》ヘリツェン渓谷を調べるよう指示を出していたようですが」

「え？　あ、そ、そう！　当然ね！」

わたしが知っているのはただ、あの夫妻がヘリツェン渓谷で事故死したことだけ。単なる偶然《ぐうぜん》なのか、何か必然的に起きた事故なのかも知らない。だがこうなったからには絶対に事故の予兆が存在してもらわなくては困る。

じゃないとわたしが死ぬ。社会的に。

（お願いだから橋に切れ込みでも入っててちょうだい！　ううん。いっそ、いざとなったらわたしの手で……！）

もはやわたしに出来るのは祈《いの》る事、いや呪《のろ》いをかける事のみだ。

ブツブツと呟きながらソファの上で丸くなって座っていると、すぐそばに腰掛《こしか》けてきた振動《しんどう》が伝わった。

「協力してもいいですよ」

「え!? 事故を偽装《ぎそう》することを？」

突然《とつぜん》の申し出に思わず食いつくとリュークが何を言っているのだという顔をしている。

しまった、余計な事を言ってしまった。

「……？　婚約破棄《こんやくはき》の撤回《てっかい》に協力してもいいと言ってるんです」

「なんだそっちか……って、ええ！　な、なんで？」

「嬉《うれ》しくないいんですか」

嬉しいに決まってる！

「貴方の狙《ねら》いが何かは知りませんが、どうしても婚約を解消したくないという事はよく分かりました。ただし、協力できるのは十日間だけです」

「やったあ！　……って、十日だけ？」

「ええ、それ以上は雪が降り始め王都に帰れなくなります。ですからそれまでの間になんとしてでも決着をつけましょう」

「決着……ということは」

「それまでに認められなければ王都にお帰り頂きます」

「むむっ……ふむぅ」

決して有利な条件ではない。

が、それでもわたし一人で駆《か》けずり回るよりずっと効果的なのは確かだった。さっきのパーティーでもリュークの名前一つ出しただけで反応はまるで違ったではないか。

「十日後、前回のように皆を招集し再度正式な婚約について提案します。貴方がその日までに見事イメージを改善出来ていれば承認を得られるでしょう」

「……うん、分かった」

どうしてもという時は最終手段として「リュークが、皆が婚約を認めないなら領地を放《ほう》り出して駆け落ちしようと泣きついてきた」とでも吹聴《ふいちょう》してやろう。

我ながらいいアイデアだと悦《えつ》に入っていると、彼がさらに条件を出してきた。

「協力関係になるからには、行動の前に必ず私に報告して下さい」

「それはそうよね。分かったわ」

協力するという事は何かあれば彼にも責任が行くということだ。「死に戻り」の事実以外に隠《かく》す事などないのでこちらとしては問題ない。

（あ。駆け落ち作戦を言いふらす前に了解《りょうかい》を得なくてはいけなくなってしまった。了解し

てくれるかな。……うん、無理そう）

貴重な作戦が一つ潰《つぶ》れたかもしれない。

「それとお互《たが》い嘘《うそ》はなしです。できますか」

「お互いって事は、リュークも同じ条件なの？」

「はい。そうでなくては信頼《しんらい》関係は築けないでしょう？」

（ふーん……？）

何を考えているのかイマイチ分かりにくいリュークが本当の事しか言わないと約束してくれるのは、わたしにとっても悪くない話な気がした。

「いいわよ。約束するわ」

期限はついたが、大きく前進したと言っていいだろう。

話が終わったのだからそろそろ帰ってくれるかと思いきや、リュークは何故かまだ部屋から出て行こうとしない。

「……まだ何かあるの？」

「嬉しくないんですか」

「へあ？」

「協力、嬉しくないんですか」

三回も聞かれた。

（それ、何度も繰《く》り返すほど言わせたいの）

　訳が分からなくて本人を見上げてみるが、相変わらずの無表情でじーっと見返してくる。

突《つ》っ込みたい気持ちと、知らないと突っぱねたい衝動《しょうどう》がせめぎ合ったが、結局今回ばかりは折れてあげる事にした。

「……うん、嬉しい。味方になってくれてありがとう」

　しぶしぶ絞《しぼ》り出すと、相変わらず表情が乏《とぼ》しいがなんとなく……。

（なんか、満足気？）

　本当に見間違いかと思うほどわずかに口角が上がり、目が細まった。

　何故《なぜ》だ。一体どこにそんなポイントがあった？

「契約《けいやく》成立ですね。約束、忘れないで下さい」

　そう言った時にはもう元通り。

（だから、一体何なのよ？　分からない、全っ然分からないっ……！）

　氷の領主様は思った以上に変人かもしれない……。

「ああ、一番大事な事を言い忘れていました」

「まだあるの⁉」

　彼は叫《さけ》び声を上げるわたしを無視して続けた。

「成功した場合ですが婚約後は住居を分けましょう。療養か何かの名目で速《すみ》やかに退去し二度とバルテリンク城に立ち入らないで下さい。式は……王都の方でやりましょうか」

「いくらなんでも嫌《きら》われ過ぎてる!!」

「とんでもない。貴方《あなた》を大事に思うからこそですよ」

（くうぅ！　せめて少しはすまなそうな演技くらいしなさいよ！）

どこまでもわたしを追い出すことしか考えない領主様に、絶対いつか「悪かったです、どうか傍《そば》にいて下さい」と言わせてやると、こぶしを握《にぎ》り締《し》め心に誓《ちか》った。

三章

辺境騎士団

『……というわけで、私は今まで少し偏《かたよ》ったものの見方をしていたようです。フローチェは変わらず私の大切な友人ではありますが、それとは別にユスティネ王女殿下《でんか》に対して感謝と尊敬の念を持つことは裏切りではありませんよね？

お父様達はまだ私の話を信じられないようですが、きっと近いうちに説得してみせます。

エルマ・ボスマン』

追伸《ついしん》
——あのリューク様があれほど熱愛なさるだなんて驚《おどろ》きでした。今度お会いした時には是非《ぜひ》ともお二人の馴《な》れ初《そ》めをお聞かせ下さいね、うふふ。

わたしは目を通した手紙を放り投げると思い切り机を叩《たた》きつけた。

「もう！　なにが『いちいち覚えていません』よ、思いっきりからかわれてるじゃない！」

「くっ……。あたしも是非とも目撃《もくげき》したかった」

アンが部屋の隅《すみ》で空恐《そらおそ》ろしい事を言っている。

しかし、問題はそちらではない。

祝賀パーティーで騎士《きし》団長とやりあい、思いつきでハッタリをかましてヘリツェン渓谷《けいこく》の名前を出したまではまだ良かった。

(適当に調査して何も出てこなかったらすぐに諦《あきら》めるかと思いきや、連日血眼《ちまなこ》になって大《だい》捜索《そうさく》を続けるだなんて思わないじゃない。これで何も出てこなかったら……)

絶対に強制送還《そうかん》されるに違《ちが》いない。

リュークとの約束の期限が迫《せま》っているというのに、終わりを告げる不幸な知らせが今日来るか明日来るかと気になって毎日ビクビクしている。

「ユスティネ様、そう部屋で塞《ふさ》ぎ込んでばかりはよくありませんよ」

何日も部屋でうだうだしているのを見かねたアンが、心配気に声を掛《か》けてくる。

「いいのアン、わたしなんて駄目《だめ》な子なのよ……。放《ほう》っておいて」

「へ!? ……た、大変！　ユスティネ様がご病気……ううん、重症《じゅうしょう》だわ！」

アンがなにやらバタバタと部屋を出て行ったが、それを目で追う気力すら湧《わ》かない。

メイド達は新作のドレスを見せてくれたり、流行《はや》りの菓子《かし》を持ってきたりしてくれたが気分は落ち込んだままだった。それどころか最近はリュークと約束していた朝食さえすっぽかし続けてしまっている。

それは気分が乗らないことが理由であって、決して人前で手に頬《ほお》ずりされたり指先にキスされたりお姫様抱《ひめだ》っこをされたとかあの最後の笑《え》みはなんだったんだとかそういう気持ちの整理がついていないせいでは全くない。絶対に違う。

（うう……うあああああっ……）

思い出しちゃダメなんだってば！


こういう時は空を見るに限る。

わたしはとことん現実逃避《とうひ》して窓の外を眺《なが》めた。はあ。

「ユスティネ王女様、いい加減に寝巻《ねまき》を着替《きが》えて下さい！」

最初は体調不良を疑って気遣《きづか》ってくれていたアンもだんだん我慢《がまん》の限界が近づいてきているらしい。

やる気が起きないのは本当だけど、体は元気《げんき》溌剌《はつらつ》なので仮病《けびょう》が許されない。わたしはしぶしぶ服を着替えることにした。こういう時同じ侍女《じじょ》でもシエナは黙《だま》って放っておいてくれるのに、アンはうるさいったらない。

「そういえば今日はシエナの姿を見ないわね？」

「ええ、彼女の弟さんが体調を崩《くず》したとかでしばらくお休みしています。そのせいか最近すごく顔色が悪くて。家族思いな子ですから無理をしないといいんですけど」

いつも真面目《まじめ》で仕事をきっちりこなす彼女はいかにもお姉さんという感じがする。

ふと見るとそういうアンも顔を曇《くも》らせている。

「……アン？」

「あ、いえ。なんでもありません。なんでも……」

やがて昼前頃《ごろ》、リュークの侍従《じじゅう》が「視察を兼《か》ねて一緒《いっしょ》に下町を見に行かないか」という伝言を伝えに来た。全く気が乗らないけれど彼は意味のない行動をする人ではないし、多《た》忙《ぼう》な中わざわざ呼び出すということはなにか重要な用件なのかもしれない。

（それにいつまでも避《さ》け続けるわけにはいかないし……いや、別に避けてたわけじゃないけど）

わたしはようやく着替え始めた。


バルテリンクの城下町は囲われた城壁《じょうへき》の中にある。

限られた場所の中に様々な人や物がごった返していておもちゃ箱をひっくり返したようだ。想像していたよりもずっと活気があって、その騒《さわ》がしさの中にいるとすっかり日頃《ひごろ》の憂《う》さを忘れた。

あと、人通りの多い街中ということで二人きりにならない状況《じょうきょう》もとても良い。

いつも通り淡々《たんたん》とした様子のリュークを見ているとパーティーからわたしを連れ出した時の姿こそ幻覚《げんかく》か何かだった気がしてくる。

（……もしそうだったのならどれほどいいかしら）

羞恥心《しゅうちしん》に身もだえしたくなる気持ちに蓋《ふた》をし、今だけでも楽しく過ごそうと切り替《か》えた。

「リューク、あれは何？　見たことない食べ物だわ」

「あれはこの辺りの郷土料理ですね。プレフェンという穀物をパンのように焼いたもので、一緒に付いているスープに浸《ひた》して食べます」

「へえ、美味《おい》しそう。どの屋台からもいい匂《にお》いがするし」

「地下資源の魔石採掘《ませきさいくつ》現場で働く単身者が多いので、特に食べ物の屋台は数も種類も豊富ですよ」

「そういえばバルテリンクは魔石の採掘量が多いのが有名だけど、あとはどんな特色があるの？」

『前回』の話だが王都に帰された後、わたしはバルテリンクの事をひたすらに調べた。エルマ達の事故の事もその時に知ったわけだが、不思議とバルテリンクの記述については魔石資源以外の話がなかった。

「特にありませんね」

「……え？」

「地下に蓄《たくわ》えられている魔石。それ以外は領土内で自給自足しているだけで、特に産出するような何かはありません」

「嘘《うそ》、そんなまさか」

何度も言うが、バルテリンクは山を隔《へだ》てて他《ほか》とはまるで気候が違う場所。だとすれば何かしら王都にはない何かがあるはずだ。例えばそう、同じ果物でも甘みが全然違うハンスのプルーネのように……。

「もしかしてあなた達、特産物がないんじゃなくて、あるのに分かってないだけなんじゃない!?」

「どういう意味です？」

「だってついさっきだって見た事ない料理の屋台があったでしょ、あれも特色じゃない」

「あんなものは特色にはならないでしょう。私も稀《まれ》に王都周辺に行くことはありますが、目にも鮮《あざ》やかな素晴《すば》らしい食事ばかりでした。バルテリンクとは比べ物になりませんよ」

はー。やれやれ。

これみよがしに溜息《ためいき》をついてみせると、親切なわたしは解説を始めた。

「あのね。たぶんリュークや領民の人達が王都に行って食事に感動するのは、珍《めずら》しいからよ。逆に王都では一部の貴族達は過ぎた美食に飽《あ》きて、もっと素材本来の味を楽しむ粗食《そしょく》ブームが起きてるの。そういう需要《じゅよう》ってあるものなのよ」

そう言われてもリュークは半信半疑といった風情《ふぜい》だ。

思い返せばバルテリンクでよく食べた素朴《そぼく》な味のお菓子。懐《なつ》かしがって何度か王宮の料理長に作らせたけれど何かが違って物足りなかった。

（あれはきっと、使っている材料が違ったんだわ。あれ？　もしかして大量に王都に持ち込んで流行らせたら一儲《ひともう》けできるんじゃない？　バルテリンクでしか取れない、競争相手がいない商売……いいかも）

一旦《いったん》気がつくとあれこれとアイディアが飛び火していく。

「それに伝統のドレスは少し野暮《やぼ》ったさがあったけど、刺繍《ししゅう》技術そのものは王都のものと遜色《そんしょく》ない……ううん、もっと精緻《せいち》で緻密《ちみつ》な技術だったわ！　あれを布を変えて刺繍させたら……！」

「ママー、あのお姉ちゃん一人で何喋《しゃべ》ってるの？」

「しっ！　子どもは邪魔《じゃま》せずあっちに行ってなさい！」

そんな一般《いっぱん》市民の皆《みな》さんの声に、ゆっくりとリュークに向きなおる。

「えっと……声に出てた？」

「ええまあ、わりと」

脳裏《のうり》から抹殺《まっさつ》したい黒歴史がまた一つ増えたようだ。

「というかリューク！　ちょっとは止《と》めてよ！」

「すみません。なんだか楽しそうだったので」

（……この人、時々わたしが困るのを楽しんでない？）

「ユスティネ王女は商売に興味があるのですか。少し意外ですね」

「うーん、正確にはその土地の文化とか風土とかに興味あるかな。でも結果的に商売として成り立つのかもしれないって気がついたの。それで……」

「それで？」

今後の展望を口にしかけるが、すぐにまだ時期尚早《じきしょうそう》だと自制した。

いつか計画をリュークに話してみせたら、彼はなんと言うのか今から楽しみだった。

「そういう知識がバルテリンクの発展に役立てられないかと思ったの。わたしだっていつまでもお客さんのつもりじゃないんだからね」

「それは嬉《うれ》しいですね。頼《たの》もしい限りです」

リュークの口角がわずかに上がる。

常人で言うなら『爽《さわ》やかに微笑《ほほえ》んだ』ぐらいで解釈《かいしゃく》すると良《い》い。

ちなみにこういう時は普通《ふつう》、お忍《しの》びで変装とかすると思うのだけれど、こんな小さい街でバレないはずはないとのことで最初から素顔《すがお》。普段《ふだん》から見回りも兼ねてしょっちゅう城下町に出ているので大丈夫《だいじょうぶ》ですよという言葉を信じて外に出たわたしが馬鹿《ばか》でした。

「おい、領主様が女性連れで歩いてるって本当か！」

「領主様になったっていうのにいつまでも独り身だから心配してたけど、ついにお嫁《よめ》さんが来てくれるのかしらね」

「これまたどえらい別嬪《べっぴん》さんじゃねぇか。一体どこの貴族様だろうな」

どうやら領民には婚約《こんやく》の事だけでなく、そもそも第四王女のわたしが滞在《たいざい》している事すら伝わっていないらしい。

「……リューク。めちゃくちゃ注目されてるんだけど？」

本人達は遠巻きにこっそり見守っているつもりなのかもしれないが、声が大きいので丸聞こえだ。

最初は知らんぷりを通そうかと思ったけど、これは無理。

注目される事には耐性《たいせい》があるつもりだったが、なんというか熱量が違《ちが》う。ねっとりしている。期待が重たい。

リュークにだって聞こえているはずなのに、こっちは全然平気そうだ。

「いいんですよ。こうやって仲良く一緒《いっしょ》にいるところを見せておけば、じきに妙《みょう》な噂《うわさ》もなくなるでしょう」

妙な噂ってフローチェ伯爵令嬢《はくしゃくれいじょう》の事だろうか。

「もうしばらくで、貴方《あなた》の素行の件についても調査が終わって報告がくるはずです」

「ええ」

誰《だれ》がどんな理由でやったのかは知らないが、わざと偽《にせ》の噂を流したのだとしたらそれだけでも十分な罪になる。

以前はただわたしが気に食わなくて追い出したいから、嫌《いや》がらせをしているのだと思っていた。しかし全《すべ》てを経験して過去に戻《もど》ってきた今は、別の思惑《おもわく》が働いているのかもしれないと感じている。

ちらりとリュークを盗《ぬす》み見た。

……もし何も起きなければとっくに正式な婚約をしていたかもしれない。

(そうなれば膨大《ぼうだい》な持参金が用意されているはず。それに王族の身の安全の為《ため》にも、王宮から兵士や装備の増強を用意されるのは間違いない。……そうなっては困る人達がいたのだとしたら?)

リュークはバルテリンクの中に隣国《りんごく》と繋《つな》がった『裏切り者』がいるかもしれないと言っていた。もしそうだとしたら、王女であるわたしとその周囲がいがみあっていた状況《じょうきょう》は彼等の思うつぼだったに違いない。

不興を買い破談になればよし、それを切っ掛《か》けにバルテリンクと国王側が対立するならもっと都合が良かったのではないだろうか。

(むしろ、そうなるように動いていた……?)

「何を考えているんですか」

ふいに声を掛けられ我に返る。

「ううん、別に。それにしても、城壁《じょうへき》の中は本当に平和そのものね」

全体的に衛生的で治安もいい。それに他《ほか》の地域からの搬入《はんにゅう》は少ないというのに、必要なものが必要な量、回るように上手《うま》く統治されている。

地下資源の魔石による収入は大きいだろうが、それだけでこの平和は成しえない。

(それに街の人達からリュークに対する信頼《しんらい》と愛情がよく伝わってくる。さすが、お父様が格別に目をかけるだけあるわね)

前当主夫妻が亡《な》くなった直後、王都ではあまりに若すぎる次期当主に不安を感じていた。

別の当主代行を立てるべき、という声も上がったが当のバルテリンク領の有力者達はこぞってリュークを当主に推《お》した。曰《いわ》く、次期当主は彼をおいて他にいないと。代行の座を巡《めぐ》っての内紛《ないふん》や、最悪外部からの派遣《はけん》が来ることを嫌ってのことだろうが、それを差し引いても満場一致《まんじょういっち》の推薦《すいせん》は異例だった。

何かのついでにその理由を聞いた時、彼は事もなげに答えてくれた。

『三百年ほど前に王国に統合されるまで、バルテリンクが独立した小国だったことはご存じでしたよね』

『もちろん。その時の戦争の勝利者が初代バルテリンク領の領主になったのよね』

『そうです。そしてその領主の妻になった女性は、実は旧王国の血筋を引いてたらしいんです』

『ええ？　それは初耳だわ。……ん？　もしかして世が世ならリュークは王様だったってこと？』

『そうなりますね。その女性が旧王家とどの程度の関《かか》わりがあったのかは分かりませんが、自国を滅《ほろ》ぼした憎《にく》むべき相手に嫁《とつ》ぐとは。血を感じますね』

『理解できちゃうの、その心境……』

『そのおかげでバルテリンク領は旧王家の末裔《まつえい》が統治してますからね。あ、ごく限られた一族の当主だけに口伝で伝えられている秘密なので、他言無用でお願いします』

『そんな重大な秘密あっさり話さないでくれる⁉』

　領地に来て以来ずーっと放置同然だったのに、協力関係になってからリュークの警戒心《けいかいしん》がなさすぎる気がする。

　極端《きょくたん》すぎだ。

　数日前の会話を思い出し、つい疲《つか》れた溜息をついてしまった。

「少し歩きすぎましたね。疲れましたか」

　リュークがいつも通りの平坦《へいたん》な調子で声をかけてきた。

いつも通りなのだけど……なんだか少しだけ心配している雰囲気《ふんいき》が伝わって来た。ほんのちょっとずつだけど、以前よりも感情の違いが分かるようになってきているかもしれない。

「うーん、ちょっとだけ」

「そこの階段を上がると見晴らし台に出ます。行けそうならそこで休憩《きゅうけい》しましょう」

「無理って言ったら今度はおんぶでもしてくれるの？」

「お望みでしたら」

冗談《じょうだん》のつもりなのに真顔で返されると焦《あせ》ってしまう。それとも向こうも冗談のつもりなのだろうか？　やっぱりよく分からない。

よく見回りをしているという言葉通り、ごちゃごちゃした街並みなのに細かな道まで知り尽《つ》くしているようだ。案内の通りに進んでいくと他《ほか》の建物の屋根より一段高い場所に見晴らしの良い場所があった。

丁度良くベンチもあったので腰《こし》かける。

しばらく沈黙《ちんもく》が続いた後、リュークが城壁の外を指さした。

「……あちらの方角に、バルテリンクが小国だった頃の遺跡《いせき》があります」

いきなり何の話かと思ったが、例の旧バルテリンク王国に関しては知識があった。

「バルテリンクが小国に弱体化するさらに前の時代は、今よりも魔法《まほう》学の研究が盛《さか》んだったらしいわね。今バルテリンクを支えている資源、魔石採掘所《ませきさいくつ》はその時代の遺物であり、当時の魔石貯蔵庫にすぎない。だけど現代すら凌駕《りょうが》する最先端《さいせんたん》の魔法技術を持ちながら何故《な》衰退《ぜすいたい》の一途《いっと》をたどったのかは謎《なぞ》に包まれている……そうよね？」

「……ええ、その通りです。ご存じとは意外ですね」

少しだけ目を丸くした顔に優越感《ゆうえつ》を覚えた。

「ふふん、王国を治める者としては当然よ」

堂々と言い切ったが、これも『前回』、後から調べて得た知識だ。当時のわたしは何も知らずに行って、何も分からないまま帰って来たけれど、今回は違う。

とはいえ、その時の知識がまさか役に立つとは思わなかったけれど。

「……現在も通常では立ち入りを許されない遺跡ですが、その中には高度な建築技術や今では使い方の分からない道具の残骸《ざんがい》があります」

話はまだ続くらしい。

「それほどまでにすぐれた文明を持ちながら彼等は自分達が誇《ほこ》る魔法技術以外の全てを否定し、その研究のみに没頭《ぼっとう》しました。私はそれこそが彼らが衰退した原因ではないかと思うのです」

「何故？　魔石の力を使いこなすことができたら、そんなすごい事はないじゃない」

今のバルテリンクの最大の地下資源となっている膨大な魔石を保有し、現代では解明できないほど進んだ魔法技術。他の何もかもを切り捨ててまで追求したいという気持ちは理解できた。現代に残る魔法なんてちょっと物を光らせたり薬の効果を高めるのがせいぜいだ。

「多角的な視野を失う事こそが最大の損失だとは思いませんか」

よく分からない。

「色々な考え方があった方がいいという話です」

やっぱり分からない。

「何かあった時には私が全力でフォローしますから、貴方《あなた》は思うようにやればいい」

「……もしかして、慰《なぐさ》めてくれてる？」

「…………」

言葉に詰《つ》まるリュークに思わずおかしい気持ちが溢《あふ》れ出した。

「くっ……ぷぷ、回りくどいし分かりにくいよ。あはは、慰めるの下手すぎ！」

わたしは声を出して笑ってしまった。

せっかく慰めてくれたのに悪いとは思うけど、リュークが納得《なっとく》がいかなそうに憮然《ぶぜん》とした表情でいるのも余計におかしい。

「あはは、笑ってごめん……もしかして最近わたしが朝食に行けなかった事、気にしてくれてたの？」

そんなわけないでしょう、といつものように呆《あき》れられるのを分かっていて聞いた。はずだった。

「ええ、それもありますけど」

ちょっと拗《す》ねたようなリュークの頭を、よしよししていた手を止める。

（………………うん、聞き間違いかしら）

いつもの無愛想な顔がわたしを見下ろす。

「期限を十日と決めたんです。せめてその間は、少しでも貴方の顔が見たくて」

（うんんんん!?　ちょっと、いきなりなんなの!?）

騙《だま》されやすいわたしはのけぞり、勢いでベンチから落ちそうになった。

「なにをしているんです？」

まったくもっていつも通りのテンションで返され、肩透《かたす》かしを食う。

（なんだ、からかってるだけだったのかな？）

本当に心臓に悪いから止《や》めて欲しい。

「そうそう、貴方が気にしていたヘリツェン渓谷《けいこく》ですが、レーヴィン団長がキウル国からの侵入《しんにゅう》者達のアジトを発見し殲滅《せんめつ》したそうですよ。昨夜戻《もど》って来た団長から報告を受けました」

「ええ!?」

リュークの言葉に耳を疑った。

「キ、キウル国からの侵入者のアジト……？」

そんな話は初耳だ。

夫妻は事故で死んだはず。だから事故を防ぐためには旅行そのものをとりやめさせるしかないと思い込んでいたのに。

「もしアジトを放置していたらボスマン夫妻は彼らに遭遇《そうぐう》したかもしれなかったですね。そんな事になれば山賊《さんぞく》程度しか想定していなかった夫妻は無事に逃《に》げる事など出来なかったでしょう。場合によっては事故に見せかけて処分されていたかもしれません」

耳から入ってくる言葉に、じわじわと現実の理解が追いついてくる。

(夫妻の死亡原因は、事故じゃなかった……？)

しかも領土内に隣国《りんごく》からの侵入者のアジトだなどと、まったく現実感がなかった。

「……？　貴方は何か情報を摑《つか》んでいたんじゃないんですか？」

首をかしげるリュークを前に、もちろん知っていたと言いかけて……。

(いや、言える範囲《はんい》で本当の事を話そう。それがリュークとの協力の約束だもの)

だからこそ彼もすんなりアジトの話を聞かせてくれたに違《ちが》いない。

たとえバレる事がなくても、わたしだけ裏切りたくはなかった。

「……実はね、詳《くわ》しい事は何にも知らなかったの。ただ何かがあるかもしれないって情報だけ」

リュークは目を丸くした。

「……まさか。なんの確証もなくボスマン夫妻を引き留め、あれほど騎士《きし》団長を煽《あお》ったのですか？　なんて危険な事を……」

「いや、危険は言いすぎでしょ」

「これでも相当穏《おだ》やかに表現した方ですよ」

相当穏やかにしなかったらなんと言われてたのだろう。いやだ、知りたくない。

「は……。無謀《むぼう》な事をする人だと分かっているつもりでしたが……」

「だ、だって！　ああする以外にエルマ達を止める方法はなかったんだもの！」

さぞかし馬鹿《ばか》だとか向こう見ずだとか罵《ののし》られるのだろうと覚悟《かくご》したが、リュークの台詞《せりふ》はそれよりもずっと冷ややかだった。

「……なら、止めなければ良かったじゃないですか」

「え？　無理よ、だってエルマ達が……」

「彼等が危険だということは貴方以外誰《だれ》も知らなかった。たとえ黙《だま》っていても誰も責めない……いいえ、気づきもしませんでしたよ」

「……何を言っているの」

「実際、彼等を引き留めるまでの貴方は実に上手《うま》くやっていました。あのまま黙って行かせてしまえば良かった。そう思いませんか？　あのまま止めなければ周囲は貴方を認め、レーヴィン団長だって……」

「リューク!!」

それ以上は聞きたくなくて声を荒《あら》らげた。

「そんな事、考えもしなかったわよ！　当たり前でしょう！」

思い切り怒鳴《どな》りつけてやったのに、リュークは何故《なぜ》かふっと小さく笑った。

「そうですね。貴方はそういう人ですから」

またまた聞き捨てならない。

「ちょっと。そういうあなただって絶対同じ事するくせに何言ってるの」

「……私がですか？」

「そうよ、まさか違いますだなんて分かりきった嘘《うそ》を言うつもりはないでしょうね？　分かってるのよ、憎《にく》らしい事ばっかり言うけど、あなただって相当のお人好《ひとよ》しじゃない」

リュークはまるで初めて聞いた言葉のように唖然《あぜん》とした。

「お人好し……。初めて言われました」

「そんなはずないわ！　ブルの街の農園の時も、祝賀パーティーの時も。なんだかんだ言いながら最後に助けてくれるのはいつもリュークだったじゃない。自覚がないだなんて笑っちゃうわね」

そう言ってわたしは本当にあははと笑った。

「私は……貴方とは違います。誰にでもそうするわけじゃない」

頑《かたく》なに認めようとしないけど、追い出そうとする相手に対してここまで親切なんだから

わたしよりずっとお人好しに決まってる。

「ふふ、いつもありがとう。リューク」

思わずこぼれ出たのはかけねなしの本音だった。

楽しい時間はあっという間に過ぎるものだ。

気をつけて市場を探索《たんさく》すると、王都では見た事がないようなものをたくさん発見した。

「うふふ、この中に金のなる木があるかもしれないと思うとたまらないわね……！」

市場で目を付けた品物にうっとりと頬《ほお》ずりした。

胸に抱《かか》えている荷物はごく一部で、後は全《すべ》てリュークが持ってくれている。申し訳ない

とは思うがフォークより重いものを持った事がないのでしょうがない。

「先程《さきほど》言っていたバルテリンクの特産品の事ですか？　そう都合よくは……いえ、誰にで

も夢を見る権利はありますよね」

そこはかとなく失礼極《きわ》まりない気がするが、機嫌《きげん》がいいので見逃《みのが》した。

「そういえば一応聞いておきたいんだけど、今日の目的は本当にわたしの気晴らしの為《ため》だけだったの？」

あれだけ忙《いそが》しそうだったくせに半日も遊んでしまっていいのだろうか。

「目的……。半分はそうですね」

「なんだ、やっぱり半分は違うのね。いいわよ、何？　街の様子をお父様に伝えて寄付なり軍事支援《しえん》なり取りつけて欲しいのかしら」

別の目的があったと聞いて少しだけガッカリした。

（……ガッカリした？　いやしてない、するわけないわ）

彼は領主でわたしは国王に直訴《じきそ》できる貴重なカード。上手く使おうとするのは当然の事ではないか。そう自戒《じかい》してリュークの顔を見た。

「私達がこのまま結婚《けっこん》する事になったら、別居とはいえ貴方はバルテリンクの領主夫人になるわけじゃないですか。だったら一度はゆっくり街中を見ておいた方がのちに役立つと思ったんです。それに出来ればこの土地に少しでも愛着を感じて欲しくて……」

「わあああああああっ!?　ちょちょ、ちょっと待って！　なんか思ってた理由と大分違った！」

たまらず耳を塞《ふさ》ぐとリュークは不思議そうに首をかしげた。

「え……なに？　即《そく》別居するって宣言したわりには、意外と具体的に考えてるのね……？」

「そりゃあ婚約《こんやく》してるならいずれは結婚するという事でしょう？　貴方《あなた》こそ、まさかもうどうでも良くなっているんじゃないですか？」

「な、なってない！」

「私の事が好きだからですか」

「はあああ⁉　なにを自惚《うぬぼ》れてるのよ、そんなわけ……」

はっ。

じーっと探《さぐ》るように見てくるリュークの姿に、ようやく設定を思い出した。

「ももも、もちろんよ！　大好きなダーリンと結婚できるならお飾《かざ》りの妻だろうが別居婚だろうが構わないわ、頑張《がんば》りましょうね」

「ダーリンねぇ……」

（バ、バレた？　バレてない？）

リュークは慌《あわ》てた様子のわたしに何を感じたのかしばらく考え込んでいた。

しかし決意したように顔を上げると質問してきた。

「以前から聞こうと思っていたのですが……そもそも今回の婚約の話は決まるのが急すぎました。婚約者が決まっていない同士、それとなく陛下から仄《ほの》めかされた事はありましたが、ここまで急いだ話ではなかったはず。一体何があったのですか」

「え⁉　そ、それは……」

話がそちらの方にいくとは思っていなかったので、つい動揺《どうよう》してしまった。

不思議に思ったのだろう、リュークが再び探るような目をする。

「お話《お》次第《しだい》では陛下への対応も考えなければいけません。私に協力を求めるなら、貴方も出し惜しみをせず情報を共有するべきでは？」

（ううう。そう言われると弱いなぁ）

しかし彼の言う事ももっともで、他《ほか》に話せない事がたくさんある身としてはこれ以上の隠《かく》し事で不審《ふしん》をもたれるのもうまくない。

しぶしぶ観念して口を開いた。

「……レディ・マデロンという方を知っている？」

「ええ。女性でありながら海運事業に乗り出した、非常に有能な実業家の方ですよね」

「そう。実はわたしの母方の叔母《おば》にあたる方なのだけれど。わたしは昔からマデロン叔母様に憧《あこが》れていて、同じように世界中の色々な場所に行くのが夢だったの」

一瞬《いっしゅん》、リュークは不憫《ふびん》な子を見るような目で見てきた。

その目は止《や》めて！

「いや、分かってるのよ？　王女が結婚もせずに好きなように生きるなんて無理だと思っていたわ。でも、わたしの最初の婚約者の王太子様が婚約破棄《はき》なんてしてくるから……！」

王国の第四王女。いくら平和な時代で悪名高い王女といえども、幼い頃《ころ》に婚約相手が決まるぐらいの価値はあった。そうなるしかないのだと諦《あきら》めていたのに。

その話を聞いた時、最初はまさかと思った。

婚約相手の王太子が男爵家《だんしやく》出身の令嬢《れいじょう》と運命の恋《こい》に落ちたのなんだのと言って国家間の婚約の破棄を言いだしたのだ。

ありえない、そう思った。

そんな素晴《すば》らしい事が自分の身に起こるだなんてありえないと。


「子どもの頃から婚約が決まっていた王太子と結婚する以外の未来があるだなんて思わなかったわ。それなのに十四歳で婚約破棄になった時、もう年齢《ねんれい》が釣《つ》り合うような高位の貴族はみんな婚約者が決まっていたの。だからチャンスだと思った。このまま逃《に》げ切れば本当に叔母様みたいに世界を旅できるかもしれないって……！」

リュークは信じられないという顔だ。

「……婚約以前の事をあれこれ聞くのも良くないと思って黙《だま》っていたのですが、王都では王女には秘密の恋人《こいびと》がいるとずいぶん噂《うわさ》になっていましたよね。てっきりその方を今でも忘れられないのかと……」

「お父様はわたしの婚約が駄目《だめ》になった事をとても後悔《こうかい》なさってたの。自分の見る目がないせいでとんでもない男に嫁《とつ》がせるところだった、申し訳ないって」

あの憔悴《しょうすい》ぶりは本当に可哀想《かわいそう》なほどだった。

何度お父様のせいではないと言っても気に病《や》んで、そんなお父様を見てわたしは……。

「そんなに気に病んでいるお父様なら『身分差で結ばれない秘密の恋人』がいれば、引き裂《さ》いて別の婚約者をあてがうなんて真似《まね》しないいんじゃないかなって」

「鬼《おに》ですか貴方は」

「平民の劇団員を買収して人影《ひとかげ》があるように装ってみたりこっそりパーティーを抜《ぬ》けてバルコニーに逢引《あいびき》に行ったように装ったり、なんでもしたわ」

特に一人で裏にラブラブなメッセージが彫《ほ》られたペアリングを購入《こうにゅう》した時は、何をやってるんだと我に返って心が折れそうになった。思わず当時を懐《なつ》かしんでふっと遠い目をしてしまう。

周囲に思わせぶりな雰囲気《ふんいき》を出しつつも肝心《かんじん》のお付き合いや婚約からは逃げ続け、すっかり身持ちの悪い悪女という噂がついた。こうなってしまえばまともな嫁ぎ先はなくなってしまうだろう。散々お父様にも苦言を言われるも、ずっとのらりくらりと躱《かわ》していたのだが……。

ひょんな事からお父様に全《すべ》てがバレてしまい、激高したお父様はその日のうちにわたしを馬車に詰《つ》め込んでバルテリンクに送りつけたのだった。

わたしの説明にリュークは頭を抱えた。

「貴方という人は……本当に、私の未熟さを教えてくれますね」

え？　何が……とはとても聞き返せない空気。

「まさか。一国の王女ともあろう方がそれほどまでに何の考えもなしにふらふら行動してるとは思いませんでしたよ」

冷たい視線というのは、寒気のようなものを感じさせるのだろうと思っていた。

だが違《ちが》う。

「まさか……ただご自分の欲求《よっきゅう》を満たすためだけにそんな下らない真似をしていたとは。いやはや大したものですねユスティネ王女。なるほど噂通り、いえそれ以上ですよ」

氷点下を超《こ》えた視線は震《ふる》えすらも来ない。ただひたすらに凍《こお》り付くのみだ。

「で、でも！　単に遊びたいからだけじゃなくて、ちゃんと叔母様みたいに王国の利益になるような仕事をする予定だったのよ？　いわば先行投資だから」

「それは具体的に何か予定でも？」

「これから考える」

「なるほど」

あ。駄目だ、余計に軽蔑《けいべつ》された気がする。

「だ、だけど実践《じっせん》は外の世界に出てみるまで分からないし！　でもでも、そのための勉強は色々やってたのよ？　風土や言語を習得したり、事業計画だっていつでも作れるし！」

「ほう、それは素晴らしいですね」

初めてリュークから好意的な反応をもらえた。よっし！

「そうなの。それに王都では王女だからと、なんでもやる前から禁止されてたけどバルテリンクは最高ね。今だって早速《さっそく》……」

「早速？」

わたしはハッとして口をつぐんだ。

(いけないいけない、プルーネの件はまだ秘密にしておこう)

「と、とにかくそれはバルテリンクに来る前の話で今は違うから！　以前も言ったようにリュークが好きだからずっと一緒《いっしょ》にいたいの。これからはちゃんと考えて行動するし、婚約相手として認めてもらえるように頑張るから！」

「…………まあいいですけど」

リュークは表情を変える事なく視線を逸《そ》らした。

……あれ、なんか急に大人しくなった？

(前からちょっと思ってたけど、リュークって意外と好意を向けられると照れるタイプ？

あれだけ人前でやらかしておいて？　……まさかね、でも……）

「リュークの事、好きだから頑張る」

「…………」

「大好き」

「忘れないで下さいね、今の評価を変えない限り王都に帰って頂く他《ほか》ありませんから」

めちゃくちゃぶった切られた。


どこか気が重かった行きとは違い、帰り道は足取りも軽く気分も晴れやかだった。そんなわたしを見ているリュークもどこか嬉《うれ》しそうで、だから色々な事を忘れていたんだと思う。

夕方になり城の入り口まで戻《もど》ってきたわたし達に現実を突《つ》きつけたのは、使いの下級騎《き》士《し》だった。

「リューク様、レーヴィン騎士団長様がお待ちです」

「ああ、分かっている。約束までまだ一時間以上あるというのに、相変わらずだなあの人は……」

（うん？　レーヴィン団長ってつい最近アジトを潰《つぶ》したばっかりだって言ってなかった？　精力的だなあ……）

リュークはわたしに向きなおると頭を下げてきた。

「実は夜に辺境騎士団に呼ばれているのですが、約一名非常にせっかちな人物がいまして、すぐに来るようにと呼び出されてしまいました。すみませんが今日はここでお別れです」

その瞳《ひとみ》にすまなそうな気持ちと、どこか名残惜《なごりお》しむような色が見えたのは気のせいなのか。

「辺境騎士団から呼び出されるって、一体何の話？」

「それはもちろん、ユスティネ王女殿下《でんか》との婚約の件です」

リュークが何か誤魔化《ごまか》そうとするより先に下級騎士がハキハキと答えた。リュークが珍《めずら》しく、余計な事を口にするなと言いたげだったが、もう遅《おそ》い。

（そう、そうか……。このあいだのパーティーで狼藉《ろうぜき》を見せた後なら、当然ね）

バルテリンク領の辺境騎士団の発言力は強い。

その意向は領主であるリュークでさえもそうそう無視できないほどのものだと聞いていた。

辺境騎士団から支持されなければ結局ここに残る事は不可能だ。ならば……。

「リューク、わたしも連れて行って！」

彼はわずかに眉《まゆ》をひそめた。

翻訳《ほんやく》するなら『心底嫌《いや》そうに顔を歪《ゆが》めた』とでも表現されるであろう。

「先程《さきほど》も言いましたが、本当に黙っていて下さいね。根はいい人達ですが、普段《ふだん》は荒《あら》くれ者達を相手にしていますから短気で荒っぽいです」

「平気へーき！　まあ任せてよ」

渋《しぶ》るリュークを説得し、半ば無理矢理《むりやり》ついてきた。ようやく騎士団の兵舎が見えて来た頃《ころ》、たまらずといった様子で警告される。

「言っておきますが彼らは頑固《がんこ》なまでの現場主義です。王女様相手でも遠慮《えんりょ》するような人達じゃないですよ」

「リューク、しつこい」

「貴方《あなた》が無駄《むだ》に傷つかなければいいのですが」

もしかして心配してくれているのだろうか？

思わず振《ふ》り返るが、いつも通り冷たく静まり返った瞳からは何も読み取れない。

「もしかして、一緒に行動してるからちょっとはわたしに情が移ったのかしら」

「……何を言ってるんです？」

うーん、ちょっとした茶目っ気で聞いただけだというのに、この切れ味！

（それにしたって冷たすぎない？　わたしはもう、リュークの事を何の関係もないなんて思えなくなってるのにな。ま、彼らしいと言えばそうか）

苦笑《くしょう》しながら先を進むわたしの背後で、リュークは何か呟《つぶや》いていた。

「はぁ……。全然分かってない」

初めて中に入る兵舎はなんとも堅牢《けんろう》で無骨な建物だった。

灰色の石積みの建物は優美さの欠片《かけら》もないけれど、矢も火も簡単には通さないといわんばかりだった。

「よくぞいらっしゃいましたユスティネ王女様」

大きな円卓《えんたく》にぐるりと勢ぞろいした一団はいずれも歴戦の猛者《もさ》という顔ぶれ。

そのうえ最後に大騒《おおさわ》ぎした祝賀パーティーの印象が悪すぎるのだろう、誰《だれ》も彼もが訝《いぶか》しんだような、というよりも迷惑《めいわく》で仕方がないという顔つきだ。

……正式な婚約を全力で阻止《そし》しようという気概《きがい》をひしひしと感じる。

（うーん、まあそれが順当よね）

一人頷《うなず》きながらどう出るかと思案していると、先手必勝とばかりに一際《ひときわ》いかつい岩のような騎士が発言した。

「リューク様、申し訳ありませんがこの度《たび》の縁談《えんだん》、私共は賛成しかねます！　その理由はわざわざ挙げ連ねなくてもお分かりだと思いますが」

別の騎士が咳払《せきばら》いしてから後を引き継《つ》いだ。

「失礼ながら王女様は大変自由奔放《ほんぽう》で常識に欠け……いえ、常識にとらわれないお考えの持ち主。伝統を重んじ、協調を大切にするバルテリンクの生活は苦労されるのではないでしょうか。王女様を楽しませる事ができるような華《はな》やかさもありませんし、この土地のつまらない生活にはすぐに退屈《たいくつ》されてしまうでしょう」

すぐさま反論してやりたいところだが、リュークに事前にしつこいぐらい念押しされていたのでとりあえず口はつぐんでおく。

目線については言及《げんきゅう》されていないので思い切り睨《にら》みつけてやったけれど。

「まったくだ。ようやく婚約者が決まるかと思ったらよりによって……！」

「ありえませんぞ、リューク様らしくもない！」

(……皆《みな》さんずいぶん好きに言って下さるじゃないの)

全然納得《なっとく》いかないけれど他《ほか》の騎士達も全員意見は同じようでうんうんと頷いている。お父様がこの場にいたら全員不敬罪で牢屋《ろうや》行きだろう。

一方、全員に責められているというのにリュークは涼《すず》しい顔だ。

別の騎士がバンと机を叩《たた》いた。

「そもそもつい先日までは王女を追い返そうとしていたはず！　一体何故《なぜ》この期《ご》に及《およ》んで態度を変えたのです」

残念ながらそこは別に変わってない。

「どうしても王女を婚約者にというのでしたら証明をして下さい。彼女が、辺境伯夫人になっても問題がない人物だという事を！」

こう次から次に非難されていると、まさかとは思うがリュークも気が変わったりしないだろうか……？

「私は皆が噂するほど、彼女が問題のある行動をとっているとは思っていない」

リュークはきっぱりと言い切った。

そんな彼に焦《じ》れたのか、さらに別の騎士が立ち上がった。

「ですから……！」

（これ、いつまで続くのかしら。早く終わらないかなぁ）

もし聞こえたら、全員から袋叩《ふくろだた》きにあうであろう事を考えながら欠伸《あくび》を嚙《か》み殺した。悪いとは思うけど、ちょっと退屈。

とはいえ一旦《いったん》は話を聞くことでガス抜《ぬ》きをさせるのは常套《じょうとう》手段だ。

人間、直接話を聞いてもらえれば、いきり立った気持ちもずいぶんと落ち着くもの。まともに話し合いが始められるのはその後だ。

そう思っているから彼もがなり声を上げる騎士《きし》達を静観しているのだろう。

——だが、しかし。

相対するように正面に座った老騎士……レーヴィン騎士団長だけは、たじろがない。

「他の領地でしたら奥方様についてここまでうるさい事は言いません。しかしバルテリンクはすぐそばに敵がいる危険な土地。上に立つ者の行動が領民の命に直結するのです。ましてや近年はまさに隣国《りんごく》との戦いが始まるかもしれないというのに、軽率《けいそつ》に問題行動を起こすような方をおいそれと迎《むか》え入れる事が出来ないのは理解して頂けますね」

見定めるようにジロリと向けられた眼光は恐《おそ》ろしく鋭《するど》い。

(分かってはいたけどずいぶんな評価だわね)

しかしわたしは変わらず黙《だま》っていた。偉《えら》い、偉すぎる。

「レーヴィン騎士団長、相変わらずだな」

二人の視線が交錯《こうさく》する。リュークの視線が冷ややかなのに対し、団長の視線は微動《びどう》だにしない巌《いわお》のような頑《かたく》なさがあった。

「ふん、若輩者《じゃくはいもの》は騙《だま》せても、この爺《じい》の目は誤魔化せませんぞ」

その台詞《せりふ》に、部屋の体感温度が十度ほど下がった気がした。

「噂《うわさ》ごときで惑《まど》わされているようなら耄碌《もうろく》していると思うが」

今度は部屋の重力が重くなった。

周囲の騎士達はまたかといった顔になり誰も止められなそうだ。

「……ねえねえ、もしかしてあの二人仲悪いの？」

黙ってお人形になっているのに飽《あ》きたわたしは隣《となり》にいた辺境騎士に小声で囁《ささや》いた。

「とんでもない。騎士団長は先々代の頃からバルテリンク家とは付き合いがありますからね。リューク様の事も生まれた時からご存じで身内みたいなものですよ」

共に極限の環境《かんきょう》を生きる同志となったわたしと辺境騎士は、妙《みょう》な連帯感で停戦した。

「先代が亡《な》くなった当時あっという間に皆をまとめ上げリューク様を領主にと推《お》したのも騎士団長なんですよ」

そう説明しながらお茶を勧《すす》められる。そろそろ喉《のど》が渇《かわ》いたなあと思っていたのでありがたい。

「だがまあその分意見が違《ちが》ってもはっきり口に出すものでね。二人とも頑固だから意見が分かれると、半端《はんぱ》なく揉《も》めるんです」

別の騎士が追加情報を教えてくれる。ついでにお茶菓子《がし》ももらった。嬉《うれ》しい。

やがて事務員らしきお姉さんがやってくるとわたしに耳打ちし、待っていた人物の到《とう》着《ちゃく》を告げた。

（良かった、どうやら間に合いそうね）

わたしの目的はこの話し合いに参加する事だけではない。さらに大切な、重要な目論見《もくろみ》があるのだ。

「問題ないというのなら、それこそモンドリア伯爵《はくしやく》家のフローチェ嬢《じよう》を選べばよいのではないですか」

騎士団長は誰もが思っていたであろう、究極の一言をズバリ言ってのける。

「冬の間なかなか作物が育たないバルテリンクは他領からの輸入に食料を頼《たよ》っている。その政治手腕《しゆわん》は特に王都側に領土を持つ伯爵家が最も上手《うま》く振《ふ》るえます。フローチェ嬢と縁《えん》づきとなればより一層有利な条件で取引をとりつけてくれるようになるでしょう。バルテリンク全体の為《ため》にも大きな貢献《こうけん》です」

「買い付けの値段など今のままでも問題はない」

リュークは話にならないとでも言うように肩《かた》を竦《すく》めた。

「大体、貢献という点ではもはや誰も王女に敵《かな》わないではないか。私達が血眼《ちまなこ》になって探していたキウル国のアジトを示唆《しさ》してくれたのは他《ほか》ならぬユスティネ王女だ」

（そうだ、もっと言ってやれ！）

わたしは心の中で拍手喝采《はくしゆかつさい》した。

「し、しかしフローチェ嬢は貴方様《あなた》のために……！」

「ああもう！　だからフローチェの話はもういいのよーっ！」

たまらずわたしは大声を出した。

「誰《だれ》も彼もフローチェ、フローチェと！　そんなに好きならみんな自分がフローチェと結《けっ》婚《こん》したらいいじゃない」

黙っているように念押しされていたけどこれはもう不可抗力《ふかこうりょく》だ。突然《とつぜん》の怒《ど》鳴《な》り声に二人は揃《そろ》って驚《おどろ》いた顔をしてるけど、知らないもん。

「要はわたしが辺境伯夫人に相応《ふさわ》しい人物だと証明してみせればいいんでしょう」

レーヴィンはふんと鼻を鳴らした。

「とてもそんな事は出来ないでしょうが、まあいいでしょう。万が一証明されたならばその時はリューク様の決定を尊重致《いた》します」

「……相応しいかどうかなど明確な基準があるわけでもありません。結局彼らが認めないと言えばそれで終わりにされるだけですよ」

リュークが食い下がろうとするが、騎士団長は聞く耳を持ちそうにない。

下手な貴族などよりもよほど強固な信念と覚悟《かくご》がある彼等は、一度こうと思い込んだらめったに意見を変える事などないだろう。認めさせるのは難しいが、それでもここで粘《ねば》ったからといって事態が好転するとも思えない。

それにリュークはああ言うが、勝算がまったくないとも思わなかった。

「して、その証明とやらはどうやってしてみせるおつもりか」

わたしはその問いに堂々と答えた。

「それはずばり、投票よ！」

「投票……？」

予想外の答えを聞いた騎士団長は片眉《かたまゆ》を上げた。

我が国は王政であり、バルテリンクもまた領主であるリュークを頂点に物事を決めている。何かを決めるならトップ陣《じん》を説得すべし。その理論が通常なのだ。

そんな中で、ある意味参加者全員が平等な権利を持つ「投票システム」はあまり一般《いっぱん》的ではない。

「投票者は領民全員……といきたいけど、さすがにそれは無理だから代表として貴族と有力者、騎士団、それと普段《ふだん》のわたしをよく知る城内の人間って事でどう？」

「ふむ……。その条件なら騎士団の得票数はほぼ半数になる。貴方にとっては不利になる条件、後で泣きを見ないといいが」

「ユスティネ王女……」

リュークが何か言いたそうだったが、結局諦《あきら》めたように口を閉《と》ざした。

「いいわよ。投票日は一週間後でどうかしら。元々リュークが招集をかけていたでしょうけれど、ただ漠然《ばくぜん》と決をとるのではなく、一人一人の投票を以《もっ》て決めるならば公正でしょう」

その日は丁度リュークと約束した期限の日だ。

もしかしたら彼は強引《ごういん》に決断を言い渡《わた》して押し切るつもりだったのかもしれないが、きちんと白黒つけた方が遺恨《いこん》が残らないだろう。

「……そこで負ければ、いさぎよく諦めて頂けるのですかな」

「いいわ。その代わりわたしが勝ったら婚約《こんやく》を認めなさい」

一瞬睨《いっしゅんにら》みあい、先に団長が折れた。

「そんな事にはまずならないでしょうが、いいでしょう」

「話は決まりね」

わたしはにっこりと笑った。

「そういう事だからその間はわたしがここに来て交流を図《はか》ることを許可して欲しいの。だって実際を知りもしない人物を評価するなんて無理でしょう。まさか、伝え聞いた話だけでわたしを判断するつもりじゃないでしょうね？」

騎士《きし》団長はジロリと一瞥《いちべつ》してきたが、頷《うなず》いてくれた。

「いいでしょう。一生居座られるよりは短期間で済む方がずっとマシだ」

うーん、だんだん嫌悪感《けんおかん》を隠《かく》さなくなってきたわね。リュークがまたしても不穏《ふおん》な気配を滲《にじ》ませたがわたしは気にしていなかった。取り繕《つくろ》って表面上だけうまく付き合うより、お互《たが》いに本音を出し合った方が分かりあえると思うから。

(——なにより、たった今許可はもらえたし！)


「というわけで、交流を深めるための親睦《しんぼく》会の開始よ。かんぱ——いっ！」

「「乾杯《かんぱい》——っ‼」」


わっと沸《わ》き立つ声に、これまで議論に熱中していた二人は呆気《あっけ》にとられている。

騎士達はすでに手元に配られていたお酒を一気にあおった。散々お預けされ、いい香《かお》りだけを嗅《か》がされてきた彼等にとってこれ以上ない最初の一杯《いっぱい》になったのではないだろうか。

「う、美味《うま》い！　こんなに美味い酒は初めてだ」

「ずいぶんと旨《うま》みが強いが、何だろう」

「これはもしや王家秘蔵の名酒では？　おい、まだおかわりはあるのか」

「いや、もうすっかり空で……」

「安心しなさい。今、次を持ってこさせているわ」

やがて我に返った騎士団長はカッと怒鳴った。

「お前ら、まだ勤務時間内だというのに！」

「いえ、団長殿《どの》がお話をされている間に定時は越《こ》えてまして」

「当直のやつらは一滴《いってき》も飲まずにとっくに出て行きましたよ、終わったら飲むんだって酒瓶《さかびん》抱《かか》えてましたけど」

受け答えをしながら騎士達は次々に杯《はい》を重ねていく。

（この人たち怖《こわ》いもの知らずだなあ。まあ手土産《てみやげ》として持ち込んで飲ませたのはわたしなんだけど）

一同の様子にぎりぎりと歯嚙《はが》みした騎士団長は吐《は》き捨てるように言った。

「はっ！　下らん、今度は賄賂《わいろ》で釣《つ》る気か」

「…………」

「待ってリューク。大丈夫《だいじょうぶ》だから、わたし全然気にしてないからっ！」

ガタリと立ち上がりかけるリュークをなんとかなだめて落ち着かせる。会話するたびに殺気立たれてはたまらない。

「これがただのご機嫌《きげん》取りの賄賂かどうかは飲んでから判断してちょうだい。最初は偏見《へんけん》なく味わってもらいたいから、あえて詳《くわ》しい事は言わないわ」

騎士団長は心底嫌《いや》そうな顔をしたが、香りをかいだ後ぐいっと一息に飲んだ。

「――ふむ、香りからして果樹酒か……？　しかし漬《つ》け込んだものとは違《ちが》う、醸《かも》したのか」

大嫌《だいきら》いなわたしからの差し入れだ。

酷評《こくひょう》されるだろうと思っていたが、評価は公正だった。

「普通《ふつう》の酒よりもずっと香りがいい。しかし今までに飲んだ事がない酒だな」

団長が首を捻《ひね》った時……。

「皆《みな》さん、お待たせいたしました！　次はさらに発酵《はっこう》を深めた辛口《からくち》になります」

丁度いいタイミングでハンスが会議室のドアから現れた。その両手には目にも美しいプルーネ酒が注がれた杯《さかずき》がいくつも載《の》ったトレイが握《にぎ》られている。

ゴクリ、と誰かが喉《のど》を鳴らし一斉《いっせい》に注目が集まる。

「製法が普段口にしているお酒とは違うから、口当たりも全然違《ちが》うでしょ。実はこれは、大農家のベイル男爵《だんしゃく》家の農場で穫《と》れた果実を使用して作られたものなの。わたしとハンスが共同で開発しはじめた商品の一つなんだけど、彼が作っているような格別に糖度の高い果実でなければ上手《うま》く作れないのよ」

味わった事もない名酒がバルテリンクで作られたものだと知って、騎士達、いや酒飲み達はざわついた。

「な……バルテリンクで作られた酒だと？」

「馬鹿《ばか》な、王都の穀物でなければうまく醸造《じょうぞう》できないと酒蔵《さかぐら》の爺《じい》さんが言ってたぞ？」

どよめく声に、ハンスは生き生きと答えた。

「それは別の穀物を使った場合で、プルーネで果樹酒を作る場合はバルテリンクの果実を使った方がずっと芳醇《ほうじゅん》で味わい深い出来上がりになるんです」

信じられないというように顔を見合わせる騎士達に、ハンスは嬉々《きき》として説明を始めた。

酒の正体を知った辺境騎士達は親しみを持ってくれたようで大喜びだった。

「まだこれは試作品なの。魔法で発酵を速めたけど、通常通りの工程で酒造すればもっと深い味わいになるんじゃないかしら」

「これ以上!?　うう、たまらんな」

「最高の出来だよ。商品になったら是非購入《ぜひこうにゅう》させてくれ」

上々の評判に、内心飛び上がって喜んだ。

甘みの強い果実で作るお酒の製法は、とある外国の文献《ぶんけん》で読んで覚えていた。王都やバルテリンクでは流通しておらず、だからこそ目新しくてウケるのではという目論見《もくろみ》は見事当たったようだ。ハンスの家が発酵を速める魔法を持っていたのが幸いした。

（ふふ、ここまで甘い果実が穫れた事、それと超絶《ちょうぜつ》博識なわたしがいたからこその奇跡《きせき》の産物ね！　これだから異文化の勉強は止《や》められないわ。ああ、わたしもマデロン叔母《おば》様みたいにもっと広い世界を知ってみたい！　……と、今はそれどころじゃなかったわね）

慌《あわ》てて真顔を作るが、初めて企画《きかく》した事業がうまくいきそうな気配に、気を抜《ぬ》くとだらしなく笑ってしまいそうだ。

「――ずいぶんと楽しそうですね」

背後から聞こえた声はちょっと拗《す》ねたような響《ひび》きがあってドキリとした。

「リュ、リューク……」

「いつの間にこんな事までやっていたんですか？　突然一緒《とつぜんいっしょ》に行くと言って何を企《たくら》んでいるのかと思ったら、こっちが本題ですか」

「そ、そんなわけないよ。リュークとの婚約が優先に決まってるでしょ？」

「ならいいんですけど」

全然良くなさそうな顔だった。

もちろん常人ならという前置きつきで、知らない人から見ればほんのちょっと目が細くなったのが分かるかどうかの違いだけど。

（やっぱり協力者となったからには自分との課題を最優先にして欲しいものよね。うん、よく覚えておこう）

人々に囲まれる中、ハンスはつっかえながらも熱い思いを語っていた。

「お、俺もこれまでずっと自分の作って来たプルーネにそんな価値があるだなんて思ってなかった。サイズも小さいし不揃《ふぞろ》いで、とても王都の見栄《みば》えのいいプルーネに敵《かな》わない、せ、せめて少しでも安くしてなんとか買い取ってもらわなくては、と」

それはバルテリンクの中だけで流通していた弊害《へいがい》だった。

一歩踏《ふ》み出せば別の形の評価がある。その先にあるのは無限の可能性だ。

「今はそうじゃないって分かった。俺のプルーネはどこのものよりもずっと甘い、たとえ小さくともそんな事関係ない評価があるんだって初めて分かったんだ」

ようやく自分の持っている強みに気がついたハンスを感慨《かんがい》深く見守っていると、何故《なぜ》かハンスはキラキラした瞳《ひとみ》をわたしに向けた。

え……何？

「それはこの方が……全《すべ》てユスティネ王女殿下《でんか》が俺を導いて下さったおかげなんだ。俺は今後何があろうと王女殿下を支持する！　誰《だれ》が何と言おうと、絶対だっ!!」

顔を真っ赤にし、最後には絶叫《ぜっきょう》ともいえる大演説を打《ぶ》たれ、一気にわたしへと注目が集まる。

「え……えーっと？」

最初はハンスのあまりの気迫《きはく》に押された騎士《きし》達も次第《しだい》にパラパラと拍手《はくしゅ》しはじめ、やがてやんややんやの大喝采《だいかっさい》へと変わっていった。

「いいぞ、ハンス！　よく言った！」

「ユスティネ王女殿下、バンザーイ！」

（ああもう、酔《よ》っ払《ぱら》いはこれだから！）

そう困惑《こんわく》しながらも悪い気はしなかった。今までの空気から一気に流れが変わり、ぐっと受け入れムードが高まった気がした。だが……。

隣《となり》から重々しい溜息《ためいき》が聞こえ何故か本能的にビクリとする。

「ハンス・ベイル……覚えておきます」

何を？　とはなんとなく聞けない。

「もしかしてちょっと怒《おこ》っている？」

「いえ、まさか」

リュークは口の端《はし》を上げると、まるで周囲に聞かせるように大きめな声で話し始めた。

「なるほど……酒を持ちこんだ理由は親睦《しんぼく》を深める為《ため》というのはもちろんですが、権威《けんい》ある辺境騎士団に認められれば商品として広めやすくなるからですね。バルテリンクの問題の一つは特産品が魔石以外にないことですが、こうやって新しい技術を取り入れる事でさらなる発展を目指すことができそうです」

おおっ、と騎士団から感嘆《かんたん》の声が上がる。

（ぐぬぬ、先に言われた！）

「……ですよね、ユスティネ王女」

そう言って微笑《ほほえ》みかけるリュークは心なしかドヤ顔だった。

「くっ……わたしはただ評価されるべき人がきちんと評価されない状況《じょうきょう》が好きじゃないだけよ。それに上に立つ者として、見つけた才能をうまく使うのは当然でしょう？」

言われっぱなしは悔《くや》しくて、思わず余計な事まで話してしまったような気がする。なんだか気のせいか、騎士達のわたしを見る目が少し変わった。

「それに頑張《がんば》ったのはハンスであってわたしは完成を楽しみに待っていただけだもの、評価されるべきは彼だから。ああもう、拍手とかそういうのはいらないんだってば。あなた達ただ騒《さわ》ぎたいだけでしょう!?」


皆が盛り上がっても、一人つまらなそうな顔をしている人物がいる。

もちろん騎士団長だ。

(それでも帰りはしないあたり、少しは交流を認めてくれているのかしら。若《も》しくは目を離《はな》したらどうなるか分からないと思われているのか……。うん、間違《まちが》いなく後者でしょうね)

「騎士団長さん。飲んでる？」

にこやかに話しかけるとものすごく睨《にら》まれた。

「儂《わし》は認めんぞ。こんなものに騙《だま》されたりはしない」

「レーヴィン団長、いい加減に……！」

「ああもうリューク！」

そろそろフォローし続けるのが面倒《めんどう》になったわたしは切れた。

「そう一回一回噛《か》みつかなくていいから！　あなたはもっと思いやりを持ちなさい。レーヴィン団長はただあなたが心配でたまらないの。素直《すなお》にそう言えないからキツイ言い方になってるだけなんだから分かってあげなさいよ！　むしろ、そういうのって一周まわってちょっと可愛《かわい》いじゃない!?」

その場が凍《こお》り付いたようにシーンとした。

「お、鬼《おに》のレーヴィン団長が、可愛い……？」

（あ、あれ？　なにこの空気）

騎士団長は呆気《あっけ》にとられたような顔をしていたが、じわじわと苦虫を噛みつぶしたような顔になり、ついには退席してしまった。

ふと周囲を窺《うかが》っているとリュークの肩《かた》が小さく震《ふる》えているのに気がついた。

「あ、あれ？　もしかして騎士団長相手に失礼過ぎたかしら。……だって孫を見守るおじいちゃんみたいで微笑ましいじゃない」

そう言い訳しつつもビクビクしてしまう。

青くなっていると次第にその揺《ゆ》れが大きくなっていく。

「……く……っふふ、はははっ！」

しかしリュークはこらえきれなくなったように笑っていた。

それは珍《めずら》しい光景らしくまわりの騎士達もギョッとしている。

「はぁ……すみません。あのクソジジイの呆気にとられた顔は初めて見ました」

「クソジ……！」

「リュ、リューク様、騎士団長にそのような！」

周囲の騎士達が諫《いさ》める。

その顔にもどこか必死で笑いをこらえているような気配を感じるのは気のせいだろうか？

「貴方《あなた》には敵いませんね、ユスティネ王女。確かに私の思いやりが足りなかったようです。私にとっても大切な肉親のような方ですから、次回からはもう少し気をつけますよ」

ひとしきり笑い終えたリュークは憑《つ》き物が落ちたかのように晴れ晴れと笑った。

ついでになんだか一部の辺境騎士のおじ様達に気に入られたらしく、次々にお酒を注《つ》がれてしまった。

あれ……なんで？

外に出ると、少し冷たい風が気持ち良かった。

「まったく。いくら盛り上がったとはいえこんなに飲んでどうするんですか」

呆《あき》れたような声が遠くに聞こえたけれど、その意味はぼやけて素通《すどお》りする。駄目《だめ》だ、頭が働かない。

騎士団長はともかく騎士達と交流を深めるのは成功したのではないだろうか。

あの後結局、大宴会《だいえんかい》になってしまい、いつの間にかお酒もつまみも追加され、なんなら綺麗《きれい》なお姉さん達まできてくれて……極楽《ごくらく》。

(それになんだかあったかくて、気持ちいい……)

頭がふわふわして笑いだしたいような気持ちだ。

「ふふっ……うふふふ……」

「人の背中で不気味な笑いを浮《う》かべないで下さい。ここで下ろしますよ？」

頭の遠くで聞こえるリュークの声がやたらリアルだ。人肌《ひとはだ》のような温度に寄りかかり、まるで本当におんぶでもされてるみたい……。

「ふふふ……はあ……」

もう、過去も今も混じり合って分からない。

大切な事は一つだけ。

わたしは死にたくない、破滅《はめつ》したくない。それよりもなによりも——

「リューク、死なないで……」

ポツリと呟《つぶや》いたその言葉が、彼の耳に届いたのかどうか。意識が闇《やみ》の中に沈《しず》みこんだわたしには何も分からなかった。

四章　変局

六日後、騎士《きし》団長に自分を認めさせる為《ため》の投票を行う。

そう啖呵《たんか》をきった話は何故《なぜ》か翌日には城中に伝わっていた。

辺境地で流れる噂《うわさ》の速さ、半端《はんぱ》ない！

「ずいぶん大胆《だいたん》な勝負を持ちかけていましたが、勝算はあるのですか」

頭痛と眩暈《めまい》で弱っているか弱い美少女を、容赦《ようしゃ》なく呼び出すリュークは本当に人でなしだと思う。呆れたような視線を寄こす彼に、椅子《いす》に座り呻《うめ》きながら、次こそは二日酔いになる呪《のろ》いを心の中でかけておいた。

「ぐっ……ちょっと待って……。うう、少しは考えてるわよぉ……」

わたしはグラグラしそうになる頭を抱《かか》えながらなんとか持ちこたえる。

「えっと……投票日までに悪評を流した真犯人を捕《つか》まえて大々的に公表するっていう案はどう？　ほら、普段《ふだん》態度が悪かったりしてイメージの悪い人が、ちょっとだけ良《い》い事をするとすごく良い人に見えるでしょう。虐《しいた》げていたはずの王女様が実は被害者《ひがいしゃ》でしたっていうのはどうかしら」

ちなみにわたしは気まぐれに良い事をする人より、常に良い事を続けてる人の方が絶対に偉《えら》いと思う。

「悪くはないですが……その作戦を行うためには期日までに犯人を捕まえないといけませんね」

リュークが心配しているのは未《いま》だわたしの悪評を流した犯人についての結果が出ていないからだろう。城内という狭《せま》い範囲《はんい》の事なのだからすぐに調査の結果が分かるかと思いきや、何故かとても難航している様子だった。

(わたしを気に入らない誰かが嫌《いや》がらせに悪口を言いふらしたのかと思っていたけど……。もしかしたら、そう単純な話じゃないのかもしれない)

「まさか、それだけを頼《たよ》りに勝負するつもりですか?」

リュークはその日までに犯人が特定できないかもしれないと懸念《けねん》しているようだった。

「それより一番重要なのは裏切り者の方でしょう。そっちはどうなの?」

裏切り者と言えば以前から気になっている事がある。

そいつがキウル国に情報を漏《も》らし始めた時期とわたしがバルテリンクに来た時期は符合《ふごう》する。

これはただの偶然《ぐうぜん》か、それとも……。

(降嫁《こうか》の話は本当に突然《とつぜん》だった。それは本来の流れで準備してきた人達を押しのけて、色々な意味で人生を変えてしまったのかもしれない。そしてもしかしたら『裏切り者』もその一人……？）

唐突《とうとつ》な考えかもしれないけれど、全くの見当はずれでもない気がする。

「渓谷《けいこく》のアジトに残された情報から大元の根城を割り出し中です。そこを潰《つぶ》す事が出来れば裏切り者は隣国との接点を失うはず。……ただそうなれば奴等《やつら》は相当追《お》い詰《つ》められ、どんな手を使ってくるか分かりません。くれぐれも気をつけて行動して下さいね」

「分かったわ」

「本当に分かっていますか？　窮鼠猫《きゅうそねこ》を噛《か》む、こういう時が一番危険なんですよ」

「だからくどいって！　あたた……。もっとわたしを信じてよ」

「…………。心配しかありません」

まじまじとわたしを見て考え込んだ末の回答がそれって、ものすごく失礼じゃないかしら。

少々乱暴に執務《しつむ》室のドアを閉め、部屋に戻《もど》る途中でアンに捕まった。

「ユスティネ様、投票ってなんの事ですか？　騎士団長に自分を認めさせてやると、机の上で仁王立《におうだ》ちしながら大見得《おおみえ》をきったって本当ですか！」

「多少の誇張《こちょう》があるようだけど、概《おおむ》ね合っているわ」

「しかも、しかも！　あの酒豪《しゅごう》の巣みたいな辺境騎士団で大酒を飲んで暴れ回って、騎士団全員を飲み負かしたんだって」

「いくらなんでもそんなわけないでしょ！　う、痛た……。ちょっと親睦《しんぼく》を深めただけよ、人聞きの悪い」

「ってことは、宴会《えんかい》は本当なんですか？　ままま、まさかあの厳《いか》めしい騎士団長まで仲良く巻き込んで？　呆れた、どこの猛獣《もうじゅう》使いを目指しているんですか！」

「猛獣使い……」

ずいぶんな言いぐさだ。あんなにいいお爺《じい》ちゃんなのに。

「そういえば、新種の果実酒まで提案されたとか。かの騎士団を酔《よ》い潰した奇跡《きせき》の名酒に皆、ものすごく興味を持ってるみたいです」

「プルーネ酒の事まで？　……驚異《きょうい》的な噂の速さね」

「これほど話題になってるのはむしろ新種のお酒のせいかも。今までお酒といえば王都の物ばかりもてはやされてきましたからね。バルテリンクでも名酒を作れると聞いて、きっとみんな嬉《うれ》しいんだと思います」

そう言うアンもにこにこと嬉しそうだ。わたしはくすぐったいような笑い出したいような気持ちになった。

「まったくユスティネ様のされる事は奇想天外です。あたしはいつかユスティネ様と騎士

「団長様が飲み友達になってても、もう驚《おどろ》きませんよ」

　さすがに、それはない。

「仲良くといえば、シエナは侍女《じじょ》なのだしもっと打ち解けられないかしら」

　交代でお世話に入ってくれている、もう一人の侍女の名前を挙げてみるとアンが言葉を詰まらせた。

　シエナは露骨《ろこつ》に態度にはしないが、決してわたしと馴染《なじ》もうとはしない。

　しかしわたしは彼女が嫌《きら》いではなかった。

　一見地味で目立たないけど、仕事は早いし丁寧《ていねい》だ。表立った諍《いさか》いをしたわけでもないのに何故か嫌われてしまっているのが残念でならない。

「最近少し元気がないようだし気になるの」

「彼女は……当分の間は無理かもしれませんね。王女様がいらっしゃるずいぶん前からフローチェ様を慕《した》っていたようですし。なによりモンドリア伯爵《はくしゃく》家の遠縁《とおえん》にあたるそうですから胸中複雑なのかもしれません」

　何度か話を振《ふ》ってみた事もあるのだが毎回素っ気なく躱《かわ》されてしまう。唯一《ゆいいつ》わたしの兄姉《きょうだい》の話をした時だけはちょっとだけ興味を持ってくれたように見えたのだが、すぐにハッとして黙《だま》ってしまった。

「シエナとも仲良くなれたら楽しいのになぁ」

その時のわたしはすっかり忘れていた。

リュークにフローチェという恋人《こいびと》がいるという話を最初にしてきたのはシエナだったということを。


すっかり体調が良くなった翌日、再び騎士団にやってきた。

一昨日《おととい》も来たのだが今日は目的が違う。

この間は騎士団長をはじめとした指揮官のおじ様達十名程度の説得だった。しかし投票は一人一票、百人以上の騎士達から支持をもらわなくてはいけない。

そのために騎士達と交流を持つ、という名目でアンと訪ねたのだけど……。

「ユスティネ様、もちろん分かっていると思いますが、今日はことさらお淑《しと》やかにお願いしますよ？」

興味津々《きょうみしんしん》に兵舎を見回すわたしに不安を感じたのか、アンが念押ししてきた。鋭《するど》いわね。

「非常に残念な事にユスティネ様は口さえ開かなければ見た目だけはいいんです。大人しく一周見回って最後ににっこり笑う。それだけでも噂でしか知らなかった方々は印象がガラリと変わりますよ。見た目だけはいいんですから」

見た目だけって二回言われた。

「いいですね、ただ上品に笑うだけでいいんですから、ほら簡単。そしてそれ以外はしないで下さいね。簡単ですよね？　いくらユスティネ様だってこんな状況《じょうきょう》で誰彼《だれかれ》かまわず喧嘩《けんか》売ったりしないですよね？　そうだって言って下さいよ、なんで目を逸《そ》らすんですかあ⁉」


バン、と勢いよく扉《とびら》を開けたわたしは一気にまくしたてた。

「汚《きたな》い、汚いわ！　兵舎の中なんて見た事なかったけどなんて汚さなの⁉　あなた達よくこんなところで平気で休憩《きゅうけい》なんかできるわね。信じられないわ、今すぐ休憩を中止して掃《そう》除《じ》を始めなさい！」

騎士《きし》達の休憩室に乗り込むなり怒鳴《どな》りつける。

「そ、それは申し訳ございません。ですが定期的に清掃《せいそう》は行っておりまして……」

「もう一秒だって我慢《がまん》できないわよ、やり方がぬるすぎる！　中の荷物を別の部屋に運んで、完全な空き部屋にしてから徹底《てってい》的に掃除し直しなさい」

「は……いえ、そんな。団長の許可もなしに急にそんな事を言われても……」

「王女命令よ。やってちょうだい」

「ユスティネ様ーっ!?」

アンが蒼白《そうはく》な顔で叫《さけ》んだ。

「突然何を言いだすんですか？　ユスティネ様の良さを分かってもらう為《ため》に交流に来ているのに、そんな事を言いだしたら逆効果じゃないですか」

大慌《おおあわ》てで、しかしギリギリ騎士達には聞こえないよう注意を払《はら》った音量でアンが迫《せま》って来たが気にしない。

「さあどうなの？　王女の命令に逆らうの？　言っておくけど反逆罪は重罪なのよ。責任はあなた達だけじゃ済まないでしょうね。騎士団長、ううん、責任はリュークまで追及されるかも。その時はどう責任とってもらおうかしら？　おーほほほ！」

「くっ……分かりましたよ！」

かくして騎士達はわたしの気まぐれで片っ端《ぱし》から大掃除大会をさせられる事になってしまった。ついでとばかりに散々配置を変えさせられ、鍵《かぎ》は総取り換《か》えだ。

最低限の見回りに行く人達の分は免除《めんじょ》しているから差し当たっては問題ないはずだが、騎士達の不満は当然高まった。

「くそ、騎士団長は反対して下さらないのか？」

「それが全然。むしろその方が投票で有利だと思ってるのか、好きにさせてやれって。後で自分の首を絞《し》めると分かってるのに馬鹿《ばか》な事をって呟《つぶや》いてたぞ」

「なんてこった。お姫《ひめ》様の気まぐれに振り回されるだなんてたまんねえよ」

「あんな王女が辺境伯夫人に収まるだなんてとんでもない！　俺は反対票に入れるぜ」

そう会話する兵士達を背後からのんびりと見ていた。

「あはは。分かりきっていたけど好感度が下がるなんてものじゃないわね」

「ユスティネ様、何考えてるんですかぁ！」

我慢の限界を超《こ》えたアンがぺちこん、とわたしの頭をはたいた。

痛くない。優しい。

「どーするんですか一体！　いくら使用人達がユスティネ様を支持しても騎士の数はほぼ半数。投票日までに少しでも彼等に好かれなければ勝ち目はないんですよ？」

本気で心配してくれているアンを見てわたしも心が痛んだ。涙《なみだ》ぐむほど狼狽《うろた》えられてしまえばやり過ぎたと反省しないではいられない。

「ごめんごめん。どうしても埃《ほこり》が気になっちゃって。でも明日《あした》からは大丈夫《だいじょうぶ》よ」

「うう……もういいです。やってしまった事は変えられませんし」

「ありがとうアン。あなたはわたしの最高の侍女よ」

「ま、またそんな事言っても騙《だま》されませんから！　……次こそは、今までのイメージを変えられるよう頑張《がんば》りましょうね、ユスティネ様」

アンは照れたようにはにかみ、元気づけるようにギュッと手を握《にぎ》りしめてきた。

——そして次の日。

「あら、フローチェ嬢。わざわざいらっしゃるなんてご苦労様。残念だけどもうあなたは必要ないの。これからはわたしがここの管理をするからご心配なく。分かったら部外者が二度と立ち入らないでちょうだい！　おーっほっほっほ！」

兵舎の中の様子を見に来たフローチェを門前払《ばら》いした。当然、今までお世話になっていた騎士達からの非難が殺到《さっとう》する。

「ユスティネ様——？　昨日約束しましたよね？　次からは騎士団員から良く思われるように頑張ろうねって約束、しましたよねー？」

アンががっくんがっくんとわたしの肩《かた》を揺《ゆ》らしながら泣き叫ぶ。

「や、止《や》めてー。目がまわるぅ……」

「何度言っても分からないおつむはコレですか！　コレが悪いんですか！」

心配が突《つ》き抜《ぬ》けて怒《いか》りに変わったアンが揺さぶってくるのですっかり目が回った。

「大体なんなんですかあの高笑いは！　今まであんな悪女ぶった笑い方、した事なかったじゃないですか!!」

「うう……一度やって……みたかった……がくっ」

「馬鹿なんですか？　馬鹿なんですね！　もう知りませんから、馬鹿ぁっ！」

三回も馬鹿って言われた。

(アンでさえこれだもの。気をつけて行動しろと再三釘を刺《さ》していたリュークは絶対怒ってるだろうな)

――案の定。夕食後、呼び出しがかかった。

しぶしぶ執務室に向かい中に入るとリュークが書類仕事の手を止めて顔を上げた。

彼がどんな感情を抱《いだ》いているのか、その無表情だけでは読み取れない。

「一体、どういうつもりなんですか？　騎士団からは苦情の嵐《あらし》ですよ」

疑問は当然だ。わたしだって考えなしで大暴れしているわけではない。けれど『前回』の事を知らない人間に理解してもらえるとも思えない。

意味不明、責められるのは分かっている。

うまく言い逃《のが》れするための理由を考えはしたのだが、結局思いつかなかった。

(仕方ない。この手だけは使いたくなかったけど……)

覚悟を決めて息を吸い込んだ。

「ふん、うるさいわね！　投票日までにはなんとかするから放っておいてよ！」

――秘儀《ひぎ》『相手は何も悪くないのに逆切れ』！

言った端からどっと罪悪感が押し寄せ、良心がキリキリと痛んだ。

どんなに人に傲慢《ごうまん》と誹《そし》られても、自分を信じられるなら何を言われても平気だった。だけど今は違《ちが》う、わたしがやっているのは単なる言いがかりだ。

（ごめん、リューク……！）

ぎゅっと奥歯を噛《か》み締《し》め、くるであろう叱責《しっせき》に備える。

「そうですか」

「なんて失礼な言いぐさなの！　もういい、話す事は何もない……って……え？」

理解が追いつかず、いつもの無表情のままのリュークを穴《あな》が開くほど見返した。

「今、何て言ったの？」

「分かりました。貴方《あなた》にも考えがあって今は説明できないというのならご自由に」

「……他《ほか》に言う事は？」

「手助けが必要な時は、どうしようもなくなる前に言って下さい」

リュークはそれだけ言うと再び書類に目を落とし、それ以上文句を言う様子はない。

「怒ってないの？」

「怒ったら貴方の途方もない奇行が収まるのですか」

奇行。……言い返したいところだがやぶ蛇《へび》はごめんだ。向こうが追及《ついきゅう》する気がないなら、とっとと話を変えよう。

「と、ところでさっきから何の書類を見ているのかしら」

「バルテリンクでは毎年春に盛大なお祭りが開かれます。その予算編成と、事業予定の確《かく》認《にん》ですよ」

「お祭り！　いいなあ、王都では来賓席《らいひん》に座っても直接参加した事はないのよね」

よほど物欲しそうな顔をしていたのだろうか、リュークが小さく笑った気がした。

「私が案内しますよ。長い冬の後のずっと待ちわびていた日ですから、一年の中で最も盛り上がるお祭りです」

あまりにもごく自然に出た言葉だったが、すぐに彼はハッとする。

わたしは苦笑した。

「無理だよ。どちらにせよ、もうすぐここを離《はな》れる約束だもの」

「……ええ、そうでしたね」

投票の結果がどうなろうとそれは変わらない。

(どんな形であれ婚姻《こんいん》が決まれば王都との友好関係を示せるし、多額の持参金をもたらす事もできる。形の上では辺境伯《はく》夫人になれるのだから、『前回』とは違ってやれる事だってもっと増える。何も問題は……ないわ)

「折り合いが悪くて早々に別居する夫婦もいないわけじゃない。わたし達もそのうちの一組になるっていうだけの話よね」

リュークは何か言いたそうに口を開いたが、結局視線を逸《そ》らし別の話を始めた。

「……貴方はご自分の夢は諦《あきら》めるのですか？」

「え？　何の話？」

「どうして私との婚約《こんやく》にこだわっているのか分かりませんが、本当は世界を見て回るのが長年の夢なのでしょう」

見透《みす》かされたようでドキリとした。

今はとにかく破滅《はめつ》を回避《かいひ》しようと走り回っているけど、本当の心の奥底では広い世界に憧《あこが》れる気持ちがなくなったわけではない。

だけどその答えは簡単だった。

「別に辺境伯夫人になったからって不自由に生きるつもりはないわよ？　わたしは今まで通り自分が思うようにするし。世界を見て回るっていう夢も絶対に叶《かな》えてみせるもの」

「辺境伯夫人になっても自由に？　そんな事が……でも、貴方なら……」

「もちろん自分の責任はきっちり果たすわ。リュークだって協力してくれるわよね？」

「……。はい、と答える以外ないのでしょうね」

わたしは満足げに微笑《ほほえ》んだ。

部屋に帰ると、アンがすっかりヘソを曲げていた。職場放棄《ほうき》せずにちゃんと部屋にいてくれるの、優しい。

「悪かったわアン。でも、明日こそ本気を出すから」

「それは昨日も聞きました！　もう、絶対信じません」

すっかり信用がなくなっている。当然か。

「もういいです。どうせ以前から評判悪かったですからね、今更《いまさら》ですよ」

「え？　そんなには悪くなかったよ？」

「いえ、とても悪かったですよ」

わたしの侍女《じじょ》が今日も自分に正直すぎる。

「こんな事言ってはなんですが、バルテリンクは伝統と礼節を重んじますから。ユスティネ様は、みんなの考える〝辺境伯夫人〟像とは少し違うので受け入れがたいのかもしれません」

『よそ者の貴方《あなた》は何年経《た》っても受け入れられません』

ふと、わたしの脳裏《のうり》に以前モンドリア伯爵《はくしゃく》に言われた言葉が蘇《よみがえ》った。

言葉は時に呪《のろ》いだ。

たとえ心配や忠告から出たものだとしても、不吉《ふきつ》な暗示は思考を縛《しば》りつけようとしてくる。

（……うう、あの人のジトッとした空気が苦手なのよね）

わたしはぷるぷると頭を振《ふ》って嫌《いや》な考えを振り払《はら》った。

「ユスティネ様。確認《かくにん》ですが本気で投票に勝つおつもりはありますか？」

アンがいつになく真剣な面持《おもも》ちで聞いてきた。

「もちろんよ」

「でしたらいっそ、フローチェ様になってみる気はありませんか」

いきなり話が見えなくなった。

「正直に言って、ユスティネ様はこのままでは騎士《きし》団に支持されるとは到底《とうてい》思えないんです！　だって好かれるような事何か一つでもしましたか？　聞こえてくるのはユスティネ様に対する不満だけです！」

言葉のナイフが胸に突《つ》き刺《さ》さった。

「う、そ、それは……」

「ごめんなさい、でもそれはユスティネ様が悪いんじゃないんです。ちょっと行動が大胆《だいたん》すぎてお堅《かた》い方々には理解され難《にく》いんですよ」

胸は痛いが、アンが言いたい事はなんとなく分かる。

「そういう傾向《けいこう》はあるかもね？」

「かもじゃありません！　そうなんですよ！」

アンはきっぱりと断言した。痛い。

「ユスティネ様はほんの少しアプローチを変えれば見違《みちが》えるように愛される存在になるんだって確信があるんです。ですからどうぞそのお手伝いをさせて下さい！」

えーっと、つまり話を要約すると……。

「皆《みな》に愛されるフローチェ様の立ち居振《いふ》る舞《ま》いを真似《まね》てみませんか。みんなから支持を得られるようにするにはこれしかありません！」

「無理よ、彼女とは何もかも違いすぎるもの。真似なんてできっこない」

「そこであたしの出番ですよ！　あたしは長年フローチェ様がどのように振《ふ》る舞《ま》われてきたか見ています。いわば鉄板の、愛される鑑《かがみ》のような方をですよ」

「うーん、あまり気が乗らないわ」

「そうおっしゃらず、一度だけでも！」

アンはそれが最善だと信じ込んでいるらしく、梃子《てこ》でも動きそうにない。

そこまで気は乗らないが、いつもわたしを気にかけてくれている可愛《かわい》い侍女《じじょ》が、こうまで言っているのだ。無下に断っては王女の名が廃《すた》る。

「分かったわアン、こうなればフローチェの真似だろうが女神様の真似だろうがしてやろうじゃないの！　どうせやるなら徹底《てってい》的にやるわよ！」

「は……はい、ユスティネ様！」

アンは周りに花が咲《さ》きそうなほど明るい笑顔《えがお》で頷《うなず》いた。

――翌日、早速修業《しゅぎょう》の成果を見せることにした。

ついでにメイクや服装も大人しめ、慎《つつし》み深い服を選んでいる。

「完成しました！　うん、見た目は完璧《かんぺき》。いかがですかユスティネ様」

アンが顔を覗《のぞ》き込んでくる。

いつもなら任せて！　と自信満々に言い切るところなのだが。完璧にフローチェを模写したわたしは恥《は》ずかしそうにそっとはにかんでみせた。

「どうかしら、あまり自信がないのだけれど……」

（ぐっ……！　自分で言ってて違和感《いわかん》がすごい！）

なにやらアンが呆気《あっけ》に取られている。

「やっぱり、どこかおかしい？」

あえて伏《ふ》し目がちになり、不安げに小首をかしげてみせた。

「すごい！　完璧です！」

キラキラと目を輝《かがや》かせたアンが興奮気味に叫《さけ》んだ。

「こうしてはいられません。早速《さっそく》色々な人に見せてまわりましょう！」

やる気十分すぎる侍女に手を引かれ、まずはリュークの執務室《しつむ》に向かった。

「ご当主様、失礼致します！　……あら？」

執務室に部屋の主人はおらず、彼の侍従《じじゅう》のヒリスだけが残っていた。

「なんだアン、リューク様なら陳情《ちんじょう》を聞くために騎士《きし》団の方に向かわれたぞ」

もしかしなくても、わたしの奇行のせいだろうか。

「あら、今日は城にいる予定だと聞いてたのに……。まあ、あんたでもいいわ！」

そう言ってアンがずずいとわたしを前に押し出す。

「これはこれはユスティネ王女殿下《でんか》、今日はリューク様にどんなご用です？」

ヒリスは大仰《おおぎょう》に礼をとるが内心の迷惑そうな気持ちを隠《かく》しきれていない。彼の主人はわたしの気まぐれな行動に振《ふ》り回されているのだから当然か。

普段《ふだん》なら侍従に主人の用件など話せるわけがないと一蹴《いっしゅう》するところだが……。

「突然《とつぜん》押しかけてごめんなさいね、ヒリス。特に用件があるわけじゃないの」

「え……誰《だれ》？」

指導されたように慎《つつ》ましやかに微笑《ほほえ》むと侍従はなにやらギョッとしている。

「いつもご苦労様。貴方《あなた》のおかげで助かってるわ」

出来るだけ心を込めて労《ねぎら》いの言葉をかけると、ヒリスがわずかに顔を上気させた。

「……ヒリス？」

「え？　あ、いえ！　その……なんでもないです」

心なしかギクシャクしているヒリスを見てアンが悪い笑《え》みを浮《う》かべた。

「くふふ……上々ですね。さあ、次に参りましょう！」

上々って何が？

そう聞く間もなく今度は廊下《ろうか》で執事のシモンに出会った。

「あら、シモン。いつも仕事熱心ね。リューク様も貴方にとても感謝していたわ」

「リューク……様？」

彼の主《あるじ》に敬称をつけると、目を皿のようにして驚かれた。

「あなたの熱意を見ていれば、リューク様が周囲にどれほど慕《した》われているのかよく分かるわ。素晴《すば》らしい領主なのね」

アンに言われた通りリュークへの呼び捨てを止《や》め、素直な称賛《しょうさん》の言葉を贈《おく》ると、シモンは喜色満面となった。

なんとなく、主人に忠実なシモンは彼自身よりもリュークを褒《ほ》める方が喜ぶかもしれないと言葉を変えたのだが、思った通りだった。

「私ごときにもったいないお言葉でございます。ユスティネ王女殿下も何かご不便がありましたらなんなりとこのシモンにお申し付けください」

（わあ。いつもの執事と本当に同一人物？）

まるで態度の違《ちが》うシモンに戸惑《とまど》うが、それは向こうも同じなのだろう。

「シモンさん。早速なんですがあたし達、ご当主様にお会いしたいんです。騎士団の方に行きたいのですが、午後一番で馬車を回してもらえますか？」

「もちろんでございます。すぐに手配致しましょう」

余計な仕事を増やしたというのにシモンは嫌《いや》な顔一つしない。

……フローチェ・メソッドがすごすぎる。


『ユスティネ王女が変わった』

たった半日足らずでそんな噂《うわさ》が駆《か》けめぐるほど、以前のわたしは酷《ひど》かっただろうか？

とにかく、周囲から見てわたしは激変したらしい。

「素晴《すば》らしい立ち居振る舞いですわ」

「ええ、これなら騎士《きし》団も認めざるをえませんよ！」

自室で休憩《きゅうけい》しているとアンやナナ、他のメイド達が盛り上がっていた。

「ユスティネ様がたった一晩でここまで完璧に上品な淑女《しゅくじょ》になられるとは思ってもみませんでした。城に出入りしていた貴族や有力者の方達のあの顔といったら！」

わたしは元から完璧に上品な淑女だと言いたくなったが、頭の中でそれではいけないと淑女のユスティネちゃんが袖《そで》を引っ張った。

わたしは口元に上品に手を添《そ》え、そっと微笑《ほほえ》んだ。

「ありがとうアン。みんなに認めてもらえて嬉《うれ》しいわ」

その場の全員が息を呑《の》んでわたしを見つめた。アンに至ってはちょっと涙《なみだ》ぐんですらいるようだ。

……これは、相当の大成功と言っていいのではないだろうか？

「せっかく理想の立ち居振《ふ》る舞《ま》いを身につけたんですから、今後もこれで行きましょうよ！」

「今後？　今後ねぇ」

アンの言葉にふとリュークとの約束が蘇《よみがえ》った。

今後は別の何処《どこ》かで暮らす、そういう条件で協力してもらっているのだ。

「ユスティネ様、どうしたんですか？　そんなに気落ちした顔するぐらい嫌《いや》なら投票日までの限定でいいですよう」

「別に気落ちなんかしてないわよ。今後はまたそのうち考えておくわ」

やがて馬車の準備が出来たとの知らせがきたが、ちょっと待ったをかける。

「ねえアン、わたし上手《うま》くやれているわよね？」

「はい、ユスティネ様！　想像以上ですよ。ですからこのままリューク様に見せに行って、ついでに騎士団の中でもファンを増やしましょう！」

「あのね、出来ればその前にもう一人会っておきたいのだけど」

「え？　誰にですか」

「シエナよ。今日は顔を見てないけど、この調子で彼女とも仲良くなれないかしら？」

期待を胸にアンを見ると、残念そうに首を横に振られる。

「それがシエナは今日、お休みしているんです。急に休んだのに部屋にもいなくて」

何か事情でもあるのだろうか。

（まあいいわ。シエナには明日以降に声を掛《か》けてみましょう）

気持ちを切り替《か》え、今度こそ素直に騎士団に向かうことにした。

なにせ投票の結果は数が多い辺境騎士団の支持次第《しだい》。昨日までの最底辺の評価からどれだけ挽回《ばんかい》ができるのか。

油断は禁物。……とはいえ、ここまでの反応を見るに旗色は悪くなさそうだ。

わたしは三日後の勝利を確信した。

騎士団の兵舎は、もう何度も来ているので道案内も不要だった。道案内しようとする騎士の申し出を断って教えられた会議室に向かう。

……しかしドアの前に立った時、わたしは違和感《いわかん》を覚えた。

部屋の中から話し声がする。

それはおかしくないが、相手がか細い令嬢《れいじょう》のような声なら話は別だ。

(そういえばさっきの騎士は、やたらとしつこく道案内をしようとしてなかった？　それにこの付近には何故《なぜ》か警備兵がいない。……もしかして人払《ひとばら》いしている？)

わたしは淑女の仮面をかなぐり捨てすぐさまドアに耳を張り付けた。

「ユ、ユスティネ様、一体何を……！」

おろおろとするアンに身振りで静かにするよう命じた。

『――どうして……なことをおっしゃるの？』

ドア越《ご》しに聞こえてくる声は小さく掠《かす》れているが、聞こえないほどではない。神経を尖《とが》らせて集中してみる。というか、この声は……。

『先程説明した通りですよ、モンドリア伯爵《はくしやく》令嬢。今後は安易に部外者を入れる事は出来ません。それは王女が来る前から何度も伝えていたはずです』

(やっぱりフローチェ……！　なんでリュークと二人きりでいるのよ？)

『でも、私、皆様《みなさま》のお役に立ちたいのです』

『必要ありません』

一瞬《いっしゅん》、やはり二人は恋人《こいびと》同士なのではという疑念を持ったが、それにしてはリュークの口調が冷たい。何を話しているのだろう。

『で、でも、あの……』

『それとも、そこまで食い下がる理由でもあるのですか』

長い沈黙《ちんもく》が続いた。

（いやいや、いくら気になったからって盗《ぬす》み聞きはよくない。もうやめよう）

『……バルテリンクでの裏切り行為《こうい》は重罪。本人はもちろんその家族や親類まで罪に問われるのですよ。この地で生まれ育った貴方ならよくご存じのはず』

（！　え……？）

『な、何故急にそんな話をするんですの？』

『最初は追い詰《つ》めるのに時間がかかるだろうと思っていました。あまりにも巧妙《こうみょう》に痕跡《こんせき》を隠《かく》され、証拠《しょうこ》がありませんでしたから。だけどユスティネ王女のおかげで、当初の目論見《もくろみ》よりもずいぶんと早く犯人を追い詰めているのです。もうあと一歩のところまで、ね』

『……おっしゃっている意味が分かりませんわ』

『さあ話は終わりです。入り口まで送りましょう』

こちらに来ると聞いて慌《あわ》てて飛び退《すさ》る。

アンの手を掴《つか》むと急いでその場を離《はな》れた。

「どうしたんですか？　まだご当主様に会えてない……」

「今日のターゲットは騎士達の方でしょ！　リュークはまた会えるから今はいいわ」

アンは不満げだったが、とても平静でいられる自信がない。

（今の会話は何？　あれじゃまるで……）

胸がドキドキする。これまでの色々な事が頭を駆《か》け巡《めぐ》った。

そういえばリュークは『証拠が摑めない』とは言っていたけど『裏切り者が誰か分からない』とは一度も言っていなかった。もしや彼は最初からある程度犯人の目星がついていたのではないだろうか。

（もしわたしが考えている通りなら……確固たる証拠がない限り踏《ふ》み込めないのは当然よ。だけどいくらお父様だって今ようやく和解し始めたばかりのバルテリンクの貴族に迂闊《うかつ》に手を出すのは危険だし、どうしたらいいの）

「ユスティネ様、さっきからどうされたんですか？　顔色が悪いですよ」

アンに大丈夫《だいじょうぶ》だと返そうした時……、

……ズズ……！


今度は前触《まえぶ》れもなく重々しい振動《しんどう》が起こった。

「きゃあっ！　じ、地震？」

アンが思わず抱きついてきた。

（これはまさか……？　そんな、もっとずっと後に起きるはずなのに）

周囲がわあわあと騒《さわ》がしくなる。

しかし心当たりがあるわたしは落ち着いていた。

「大丈夫よ、アン。すぐに治まるわ」

「な、なんで分かるんです？」

それにしてもこうも立て続けに色々な事が起こるとは。

追い詰められ、裏切り者達が焦《あせ》っていると警告したリュークの言葉を思い出す。

（知っている、これは人を狙《ねら》ったものじゃない。彼らの狙いは……）

かつて読み漁《あさ》ったバルテリンクの資料の一節が思い浮かぶ。

『＊月＊日　突然地鳴りのようなものが発生、しばらく振動が続く。死傷者はなし。その後調査したところ、施錠《せじよう》していたはずの倉庫に備蓄《びちく》してあった大量の魔石《ませき》が消失』

当時は事態が把握《はあく》できずにまずは団員の安否《あんぴ》確認《かくにん》、次いで機密情報の確認を優先したらしい。しっかりと施錠してあり、強度も十分な魔石倉庫の確認は後回しになり、気がついた時にはもぬけの殻《から》になっていた……というわけだ。

後日詳《くわ》しく再調査が行われ、最終的に未知の魔法が使用されたのではないかという結論になった。しかし事件が発覚した時にはすでに魔石も術者もおらず、全《すべ》て分からずじまい。

そんな結末だった。

——だから『今回』は事件がいつ起こってもいいように罠《わな》を張っていた。

先日騎士《きし》達に気まぐれを装い、魔石の保管場所をこっそり移動させた。だから今、以前魔石があった場所に置いてあるのは全くのガラクタばかりだ。

そして、罠はもう一つ！

「ユスティネ様！　どこに行くんですか⁉」

「アンは騎士団長を捜《さが》して！　『例の場所に来るように』と言えば分かるから！」

言い捨てて廊下《ろうか》を走った。

振動はまだ治まらず、むしろ酷《ひど》くなっている。

おそらくこれは魔法を行使する際に魔力に反応して起きる現象。詳しい理屈《りくつ》は知らないけど、魔法が強力であるほど大きな反応が現れるという。

（今ならきっとまだ術者も近くにいるはずよ！）

魔法を使うには一定の条件を満たす必要がある。

一つは言うまでもなく、発動させるための核《かく》となる『魔石』。

そして、もう一つは特殊《とくしゅ》な発音を必要とする『呪文』を唱えられる術者。

魔法の発動のためには術者にある程度の精神集中や予備動作が必要なため、通り過ぎ様にさっと魔法をかけるなんて事は不可能だ。

(魔法をかけられる範囲は決まっているから、出来るだけ倉庫から近い場所にいるはず。その上で監視から逃れ、尚且《なおか》つ身を隠せるような場所は数か所しかない)

そして一か所を除きそれらの全てを施錠、若《も》しくは通行止めのために荷物を山積みしてある。


すなわち、実行犯がいるであろう場所はただ一つ！


「――そこまでよ！」

魔石倉庫の近くにある、いかにも使われていなさそうな小さな空き部屋。

ドアを勢いよく開けると、予想通り術者らしき男が杖《つえ》をかざして呪文を唱えていた。さらに杖の先にある魔石は通常ではあり得ないほど激しく光り輝いている。

その術者はどこで手に入れたのか騎士服をまとっていた。廊下ですれ違っても怪《あや》しい者だとは気がつかないかもしれない。

「な、なんだお前は⁉」

男が思わず振り返り、『呪文』を中断すると振動が治まった。

遠くからバタバタと足音が聞こえ、男の顔色が変わる。

アンが騎士団長を呼んでくれたのだろうか。それとも別の誰かが？　どちらにせよ思ったより早く助っ人が来そうで助かった。

「クソ！　どけ！」

周囲は味方だらけ。そして兵舎に異変があった時はすぐさまこの場所に来るよう騎士団長とリュークには伝えてあるという安心感。なにより目論見通り魔石泥棒《どろぼう》を追い詰めた高揚感がわたしを完全に油断させていた。

「逃がさないわよこの不審者《ふしんしゃ》！　すぐに捕まるんだから観念なさい！」

「くそっ、ならば死ぬがいい！」

次の瞬間、全身に衝撃《しょうげき》が走った。

杖しか持っていないように見えた術者は、わたしを壁際《かべぎわ》に押し付けると隠し持っていた刃物を突きつけてきた！

（え……!?）

ギラリと光る刃《やいば》が胸元《むなもと》で光った。

「きゃあああっ！」

『本当に分かっていますか？　窮鼠猫《きゅうそねこ》を噛む、こういう時が一番危険なんですよ』

頭の中にリュークの言葉が蘇《よみがえ》る。

（……ああ、本当だ。やっぱりわたし、分かってなかったかも）

男が刃物を振りかぶるモーションがゆっくりと見えた。

リュークの忠告にもっとよく耳を傾《かたむ》ければ良かった。

（ごめん、リューク。今度生まれ変わったら、次こそ心を入れ替えてちゃんといい子になるわ……！）

ギュッと目を瞑《つぶ》り衝撃に備えた。

同時にバンと扉《とびら》を蹴破《けやぶ》るような轟音《ごうおん》がした。

「貴様、何をしている！」

「なっ……！　ぎゃあっ！」

暗闇《くらやみ》の中で、よく聞き覚えのある声と何かを殴《なぐ》りつけるような音が続く。

「……？」

「ユスティネ王女、しっかりして下さい」

そっと目を開くと心なしか青い顔をしたリュークがいた。脈をとっているのかなんなのか、わたしの手をしかと握《にぎ》っている。

「お怪我《けが》はありませんか？　痛いところは？」

「うん……大丈夫《だいじょうぶ》、平気」

ほっと安心したように息をつく。

「あの……大丈夫だから手を離してくれる？」

リュークは言われて初めて気がついたように自分の手を見下ろしたが、だからといって手は離さなかった。話、聞こえてる？

仕方がないので自分から外そうとしたのだが、さほど力を入れているように見えないのにびくともしない。何故《なぜ》だ。

首を巡《めぐ》らすと気を失った男が地面にのびていた。

「アレは地下牢《ちかろう》に入れておきますよ。……二度と出てくることはないでしょうが」

「怖《こわ》い事言わないで！」

「王族に刃物を向けたのだから当然です」

（え……冗談《じょうだん》でしょ？　……冗談、よね？）

ほどなくして騎士《きし》団長や騎士達が駆《か》けつけ、男は地下牢へ運ばれていった。

それにしても、今でも使われている魔法の多くはほんの少し日常を便利にする程度の細《ささ》やかなものばかりで、使った時の反応だってうっすら魔石が光るくらいだ。あれほど激しい反応を見せるなんて、相当高度で強力な魔法なのだろう。

それを裏付けるように、先程《さきほど》の男が魔法を使おうとしていたと説明するとリュークと騎士団長がとても驚いていた。

「この建物には、万一の襲撃《しゅうげき》に備え魔力の流れを阻害《そがい》する『反魔法』の魔法陣《まほうじん》を施《ほどこ》してあるのですぞ。まさかその中で魔法を使うだなんて。馬鹿《ばか》な、ありえない」

「いや、レーヴィン団長。その阻害を上回るような強力な魔法を使われてしまえば魔法陣が無効化されてしまうのかもしれない。そうか、だから先程の地鳴りが……」

どうやらリュークは魔法についてある程度知識があるらしく、先程の現象にも心当たりがあるようだった。

「貴方《あなた》は……いや、王宮の諜報《ちょうほう》機関は一体どこまで知っているんだ？」

レーヴィン団長はそう呻《うめ》いたが、決して辺境騎士団の情報収集能力が劣《おと》っているわけではないから安心して欲しい。


すっかり腰が抜けたわたしは抵抗むなしく人生二度目の公開お姫様《ひめ》抱《だ》っこで馬車まで運ばれ、リュークと二人で城に帰される事になった。辛《つら》い。

（なんという不覚！　というかリューク、仕事の途中のはずなのにいいの？）

沈黙《ちんもく》が続く馬車内で少しずつ現実感が湧《わ》いてくる。……あの時リュークが駆けつけてくれなかったらと思うと、今更《いまさら》ながらに震《ふる》えてきた。

「リューク、来てくれて本当にありがとう。助かっ……」

「どうしてそう、自ら危険に飛び込むんですか！」

リュークが声を荒《あら》らげるのを初めて聞いたわたしは驚いた。

彼は項垂《うなだ》れ、握りしめた手に力を込めた。

「……すみません。でも本当にもう、二度とこんな真似《まね》しないで下さい」

「悪かったわよ。何かあったらリュークの責任問題になるものね」

状況《じょうきょう》を正しく理解していることを示したかっただけなのに、リュークは明らかにムッとした顔をした。はっきりと表情に出すなんて彼にしては珍《めずら》しいことだ。

「そんな事はどうだっていい。純粋《じゅんすい》に貴方《あなた》を心配してるんです」

「ふんだ。バルテリンクから追い出そうと躍起《やっき》になってるくせに」

つい、余計なことを言った。

そんなつもりはなかったけど、心のどこかで引っ掛かっていたらしい。

「追い出す？　大切に思っているからこそ安全な場所にいて欲しいのだと何度も説明していますよね」

「……は？」

タイセツニオモッテイル？

何の暗号だろう。

他国の言語の中にそういう言葉があるのだろうか。

リュークは救いようのない生き物を見るような目をしながら、はあーっと重い溜息《ためいき》をついた。

ここが王都だったのなら不敬罪で縛《しば》り首にしてやれるのに。

「さっきだってそうです。刃物で刺されそうになっているのを見て、どれだけ心臓が止まりそうになったか……。何を差し置いてでも貴方を守りたいと思っているのに、どうしたら分かってもらえるのでしょうか」

「……なによ、貴方も結局大人しいわたしがいいって言うのね？」

フローチェのように、と余計な言葉が出そうになって口をつぐむ。

しかしリュークはいともあっさりと答えた。

「私はいつもの傲慢王女な貴方の方が好きですよ」

「えっ……？」

絶句するわたしにリュークは不思議そうな顔をする。

「貴方には無事でいて欲しいと、以前から伝えているはずですが」

「い、いやいや！　そんな素振《そぶ》りはなかったよ？　どっちかっていうとお前は不要だから早く王都に帰れって感じだったけど」

しかしリュークは何を下らない事を、と言いたげに鼻で笑った。

（ちょっと！　わたし、王族ぞ？）

「目障《めざわ》りだから遠ざける？　国王命令の婚約《こんやく》を解消することがバルテリンクにとってどれ

ほどの損失か、貴方には理解できてないのですか。どんなに性根《しょうね》が悪く捻《ひね》くれきった性格破綻《はたん》者でも受け入れる覚悟《かくご》はありましたよ」

「そこまで覚悟しても婚約破棄《はき》を言い渡《わた》されるって、一体どんだけ性格悪いと思われてたの！」

しかし、リュークは首を振《ふ》った。

「そうだったなら話はもっと簡単でした。こちらも良心の呵責《かしゃく》を感じないような方であればどうとでも言いくるめて利用してやろうと思っていましたから」

「爽《さわ》やかな顔して結構腹黒い」

本当に責任感と領土愛だけで生きているような人だ。

「じゃあなんで？」

「貴方が安全でいられる事の方が私にとって重要だと、何度も言ってるじゃないですか。もう……あんな事はごめんです。大事に思っている人がいなくなってしまうのは」

「あんな事……？」

聞き返した後、わたしはすぐに気がついた。リュークのご両親の事に決まっている。

「バルテリンクは安全ではありません。ましてや裏切り者が暗躍《あんやく》している今は特に危険です。だから……」

呆然《ぼうぜん》としているわたしに、ふっと優《やさ》しい笑みを浮かべる。

「会えなくても、元気で生きていてくれればそれでいい」

心臓が、跳《は》ねた。

「……わたしのこと大切って思ってるの？」

思わず口から出た言葉に自分でギョッとした。

（あれ？）

「いや違《ちが》う、そうじゃなくて……！」

あわあわと取り繕《つくろ》おうとするが、リュークは平然と頷《うなず》いた。

「大切に思っていますよ。いつでも前向きで果敢《かかん》に現実に立ち向かおうとする姿には尊敬の念すらあります」

少しの間リュークとわたしの間に沈黙《ちんもく》が落ちた。

「……ま……ままま、まあ当然ね？　わたしは完璧《かんぺき》だもの！」

「顔、赤いですよ」

「……っ！」

思わず睨《にら》みつけても彼は小さく微笑《ほほえ》むだけだった。

最近よく思うのだが、能面のようだった最初の頃《ころ》と違《ちが》い少しずつ表情を見せてくれるようになった。

（うう……。い、いや！　今はそれどころじゃないんだってば！）

わたしは息を吸い込むとリュークに向きなおった。

「話を聞いて、リューク。わたし、勘違《かんちが》いしていることがあったの」

「勘違い？」

「そう。わたしはとある事情で情報を持っていたけれど、それが正しく順番通りに起こるのだろうと、ずっと思い込んでいた。だけど違ったの」

どうして今まで気がつかなかったのだろう。

ボスマン夫妻は生き残り、アジトを発見した。そもそもわたしは王都に帰っていない。それ以外にもたくさんの事がわたしの知る『前回』と変わってしまったのに、これから裏切り者が起こす行動が以前と全く同じであるはずがなかった。

本来、兵舎の魔石《ませき》が狙《ねら》われるのは半年以上先のはずだった。しかし向こうはそれよりもずっと早くに仕掛《しか》けてきたのだ。

(猶予《ゆうよ》期間はまだあると慢心《まんしん》していた。たとえバルテリンクを追い出されても『あの日』が来るまで一年近くある。その間に対策を考えればいいと、まずは王都との関係を強固にする事が出来れば、ひとまずそれでいいだろうと余裕《よゆう》だった)

我ながらなんという傲慢《ごうまん》だっただろう！

相手は生きている人間なのだ。こちらが変化すれば向こうも変わると、当たり前すぎる事に気がついていなかった。

「もう、いつ何が起こるか分からない。早急《さっきゅう》に裏切り者と決着をつける必要があるわ」

わたしの真剣さが伝わったのだろう。リュークは深く考え込んだ。

「……しかし、証拠《しょうこ》がありません」

「それについてなんだけど、わたしから一つ提案があるの」

わたしはリュークに自分の考えを説明した。

その作戦を聞いた彼はまず驚き、とても難しい顔になった。

「それはあまりに運に頼《たよ》りすぎではありませんか？　もっと確実な方法を探すべきかと」

わたしはきっぱりと首を振《ふ》った。

「リューク。残念だけどこの世に絶対確実な方法なんて存在しないのよ。どんなにそう見えても決して失敗のリスクはなくならない」

『前回』のリュークもきっと確実な道を選んだはずだ。それはきっと通常なら絶対的に正しい選択《せんたく》だったに違いない。だが、どんな時でも常に『まさか』はありうるのだ。

「リュークの言う確実は時間が掛かりすぎる。今だけはわたしを信じて欲しい」

「……うまくいかなければ、貴方の評判は地に落ち二度と認められない。それだけじゃありません。最悪、王都との戦争が始まるかもしれませんよ？」

暗い顔をするリュークとは正反対で、わたしはさほど心配していなかった。

「大丈夫《だいじょうぶ》よ！　何かあったらリュークが助けてくれるでしょう？」

「貴方が頼《たよ》りにして下さるとは意外です」

わたしは閃《ひらめ》きと発想力でその場を乗り切るのが得意だ。

そしてリュークは俯瞰《ふかん》した目線で堅実《けんじつ》に対応するのに長《た》けている。

「リュークは私が出来ない事を、私はリュークが出来ない事を。それって最強じゃない？」

「……！　それは……そうかもしれませんね」

いつもの無表情だったリュークが、少しだけ優《やさ》しく笑った。

彼も少し変わったが、こんなわずかな表情の違いまで分かるようになってしまったとは、わたしも鍛《きた》え上げられたものだ。


「――さあ、反撃開始と行きましょうか！」

侍女の回想

私の名前はシエナと申します。

いくら思い返してみても分かりません。一体どこで間違《まちが》えてしまったのでしょうか。

私はただ、病気の弟を助けたかっただけなのに。


生まれつき体の弱い弟は高額な治療《ちりょう》を必要としていましたが、あまり裕福《ゆうふく》でない我が家ではそれを支払《しはら》う事が出来ませんでした。

そんなある日とある方がその支払いを肩代《かたが》わりして下さいました。そして私に治療費を返済するために城で働くようにおっしゃり、紹介状《しょうかい》を書いてくださいました。

私は家族の心配を押しきり、喜んで働きに行くことにしました。

しかし私は知らなかったのです、その方が望んでいた『返済』はお金などではなかった事を。

最初は一枚のハンカチでした。掃除係《そうじ》だった私はリューク様の持ち物を持ってくるように命令されました。

盗《ぬす》みだなんて、ましてや主人の物を盗むだなんてとても許されないことです。ですが病気の弟の面倒を見て下さっている方からの命令では断りようがありませんでした。

それをどのように使われたのか私は知りません。

ですがその後もリューク様のお好みを調べて報告したり、外出先を逐一《ちくいち》報告させられたりしました。

その後先代の辺境伯《はく》夫妻がお亡くなりになり、急な当主交代、周辺国との対立。

リューク様は多忙《たぼう》を極《きわ》め、とても内政の隅々《すみずみ》までは手がまわらなくなっているようでした。若いせいか結婚《けっこん》を避《さ》け続けたリューク様も、いい加減に奥方様をもらわなければやっていけないのではないかと噂《うわさ》されるようになりました。

おそらくここまでは完全にあの方の読み通りに進んでいたのです。

ところが事態は急変しました。

なんと王家から王女殿下《でんか》を降嫁《こうか》させようという話が持ち上がったのです。長年の夢がようやく叶うという直前でおあずけをくらい、あの方はとても機嫌《きげん》が悪くなりました。

一方で私はというと順調に出世をしていて、王女殿下のお世話係に任命されました。

それもあの方の手がまわっていたのでしょうか？　私には確かめようもありません。

だけど私にとってそれは不幸な出世でした。

今度は王女殿下を追い返すように命じられ、混乱しました。

王族に不敬は働けないと断っても、弟の命と引き換《か》えにされれば言う通りにするしかありません。

あの方はリューク様と王女殿下が不仲になって破談になるのを望んでいました。それどころかそれを切っ掛《か》けにバルテリンクと国王陛下が対立してもいい、むしろそうなって欲しいとすら思っているようでした。

私はこの頃《ころ》から徐々《じょじょ》にあの方の行動を怪《あや》しみ始めました。

いくらなんでもやりすぎ、いいえバルテリンクに滅《ほろ》んで欲しいとすら思っているようでした。

――そう気がつきながらも罪深い私は王女殿下に、リューク様には長年想《おも》いあっている恋人《こいびと》がいるのだと耳打ちしました。

その嘘《うそ》は、リューク様の淡白《たんぱく》な態度も相まって相当真実味があったと思います。それに王女殿下は大変お綺麗《きれい》な方ですから、今まであんなに他人行儀《たにんぎょうぎ》に扱《あつか》われた事はないのではないでしょうか。

王女殿下は表面的には平然としていましたが、露骨《ろこつ》にリューク様を避けるようになりました。城中の者はリューク様に絶対の忠誠を誓《ちか》っているので、その姿はとてつもない反感を買います。

やる気を失った彼女を裏で嘘と悪口で塗《ぬ》り固め、悪者に仕立て上げるのは本当に簡単でした。その頃から私は自分が酷く汚《きたな》くて卑《いや》しい人間になったように思えて、とても安眠《あんみん》など出来なくなりました。

ところが王女殿下はなかなか王都に帰るとは言わないし、リューク様も婚約破棄《こんやくはき》を言いだしません。あの方は大変苛立《いらだ》って、弟への治療の援助《えんじょ》を打ち切ると言いだしました。私はわざと自分で腕《うで》（服で隠《かく》れる場所）に熱湯をかけ、王女殿下に虐待《ぎゃくたい》をされていると密《ひそ》かに侍女長《じじょ》に訴《うった》えました。

ついにリューク様も黙《だま》っていられなくなったのか、王女殿下との婚約を破棄する事を大勢の立会人の前で宣言しました。

私は内心大喜びでした。火傷《やけど》の痕《あと》は一生残るかもしれませんが弟の命には替《か》えられません。これでようやく終わるのだと安堵《あんど》した時、とんでもない事が起こりました。

「じ……慈悲《じひ》深いリューク・バルテリンク様！　どうか今一度だけ、愚《おろ》かなわたしにチャンスを下さいませ！」

一体、何が起こったというのでしょうか？

彼女は絶対に自分から謝罪するような人物ではありませんでした。間違いなく喜んで王都に帰っていくと思っていたのに、意味が分かりません。

しかも、想定外すぎる王女殿下の行動はこれで終わりではありませんでした。

「ユスティネ様は、思ったほど悪い方ではないのかもしれないわ」

同じ侍女という仕事をしているアンがそんな事を言いだしました。貴方《あなた》までどうしてしまったの？　いつも通り王女殿下の悪口を一緒《いっしょ》に言いふらして、孤立《こりつ》させるのが貴方の役割なのに。

それだけでなくメイド達とこれまで通り彼女の悪行を捏造《ねつぞう》しようとしたのに、なんだかうまく乗ってきません。

（何かがおかしい）

王女殿下はまるで別人のようにメイド達を味方につけてしまいました。それでも数日のうちに追い出されるに違いないと期待していたのに、今度はリューク様まで部屋に訪《おとず》れるようになってしまうなんて。

その時の私の恐怖《きょうふ》を、どう言い表したらいいのでしょうか。

今まで行ってきた悪事が白日の下に晒《さら》されでもしたら……！

しかしそれは私の勘違《かんちが》いでした。リューク様はいよいよ王女殿下を追い出すために密かに再調査を始めていたのです。私に対する聞き取りの番が来た時、念入りに詳《くわ》しく、ほんの少しだけ新たに脚色《きゃくしょく》したものを調査者に伝えました。

他の子だってまさか嘘をついて王女殿下を陥《おとしい》れていましたなんて言うはずがありませんから、秘密が漏《も》れる心配もありません。皆《みんな》、共犯なのです。

きっとこれで、王女殿下もお終《しま》いです。

これでようやく安心できます。睡眠《すいみん》不足の毎日ともおさらばです。いつまで王女殿下がいるのだとあの方に詰《なじ》られる事も、治療中の弟を追い出してやると脅《おど》される事もなくなるのです。

嬉《うれ》しいです。

嬉しいはずなんです。

なのに不眠症《ふみんしょう》はもっと酷《ひど》くなり働くのもやっとなほどボロボロでした。

いけない、私がしっかりしなくては誰《だれ》が弟を守ってあげられるのでしょう。

そうしてついにその日、王女殿下に対する投票の日がやってきました。


そして呼び集められたその場所の異様な光景を前にようやく、今まで虐《しいた》げ陥れてきたのが一体どんな方であるかを思い知ったのです。

そうだったのです、一番恐ろしいのはあの方でもリューク様でもありません。

『……私はもしやとんでもない事をしでかしてしまったのかもしれない』

どっと後悔《こうかい》が押し寄せました。

五章

傲慢王女が帰る場所

全部、勘違いだった。

なんて馬鹿《ばか》だったのだろう。わたしは運命というものはもっと不動で、何度でも同じ事が起こるのだと思い込んでいた。だけど世界は考えていたよりもずっと複雑に絡《から》み合っていて、すでに今はわたしが知っていた『前回』とは違う道を進んでいた。

——だから今日、レーヴィン団長と約束した投票日。

この場で全《すべ》ての決着をつける。


バン、とドアが開け放たれる。

『当主の間』にいた貴族や騎士《きし》、有力者達全員の視線が一斉《いっせい》にドアへと向けられる。今日の彼等は自分達が選ぶ立場なのだと思って集まったのだから、長々と待たされた後に悠々《ゆうゆう》と登場したわたしの尊大な態度に酷く苛《いら》ついていた。

もちろんそんなものに怖気《おじけ》づいたりしない。

軽蔑《けいべつ》や怒《いか》りの感情をものともせず、にっこりと笑顔《えがお》を返す。

それだけで大半の者は戸惑《とまど》ったり毒気を抜《ぬ》かれる。

感情に勝てるのは理性や正論などではない。必要なのは決してブレる事のない強い自我だけだ。

王家に連なる者として相応《ふさわ》しい姿を見せつける。

わたしの後ろから、兜《かぶと》で面《おもて》を隠《かく》した王宮騎士達がつき従う。彼等の動きは絶対服従を示すかのように一切《いっさい》の乱れがない。その場にいる全員がその光景に呑《の》まれ、抗議どころか物音一つ立てられないでいる。

もちろんそれはそうだろう。

だって、わたしは最初から彼等の主人だ。

わたしはゆっくりと口の端《はし》を上げた。

氷の領主様が信頼と公正さで皆《みな》を率いるのなら、わたしは恐怖《きょうふ》と王女としての畏怖《いふ》で支配してあげようじゃないか。

――カツリと靴音《くつおと》が響《ひび》く。

無様によろけるような真似《まね》はしない。

どんなに高いヒールであろうとも優雅《ゆうが》に歩く。

気が遠くなるほど手が込んだ贅沢《ぜいたく》なドレスも、息を呑むようなまばゆい宝石もすべてはわたしを飾《かざ》るため。

仕草一つ。

指先一つ。

目線一つ。

一分の隙《すき》もなく研《と》ぎ澄《す》まされた仕草は一朝一夕《いっちょういっせき》に身につけたものではない。

全員が集められた当主の間、その中央に位置する当主の椅子《いす》もまた、分かりやすく可視化された権威《けんい》の象徴《しょうちょう》だった。

当然のようにその椅子に座ると何人かが息を呑んだが、誰一人文句を言う者はいない。

「単刀直入に言うわ」

全員の緊張《きんちょう》が最大限に高まった頃合《ころあ》いを意識して、ゆっくりと低い声で話す。

表面的にはあくまで穏《おだ》やかに。

でも、やさしく言い聞かせるように。

部屋中に緊張が走ったのが目に見えて分かった。

「この城に無用な不和と偽《いつわ》りをばらまく不遜《ふそん》な輩《やから》がのさばっている。それを自覚する者は今すぐ自首しなさい」

そう言った途端《とたん》にザワリと周囲がざわめいた。

もちろん犯人は顔に出すような事はしない。ただシエナと他《ほか》の何人かは分かりやすいほど極端《きょくたん》に顔色を変えた。

しかしもちろん、これだけで自首するはずがないのは分かっている。

(もう一押しが必要ね)

当主の椅子のすぐそばで控《ひか》えていたリュークにふっと意味ありげに視線を投げかけた。

「そうよね。やはりこの中にはそんな反逆者、いるわけないわよね。だから賭《か》けはわたしの勝ちよ、リューク。……彼女を連れてきなさい」

もちろんそんな賭けなんてしていない。

注意を引く為《ため》の言葉だ。

合図するとドアが開き、誰《だれ》かが王宮騎士達に両脇《りょうわき》を抱《かか》えられながら引きずられるように出てくる。そうして連れてこられた人物に一同はギョッとした。

モンドリア伯爵《はくしゃく》が思わず前に進み出た。

「フローチェ、何故《なぜ》お前が……」

いつもの明るい笑顔は消え、力なく萎《しお》れているその姿は本当に憐《あわ》れみを誘《さそ》った。

後ろ手にされた腕《うで》は拘束《こうそく》され罪人そのものの扱《あつか》いだった。

「わ、私ではありません、ユスティネ王女様……」

フローチェが弱々しく言う。

その頬《ほお》にはすでに幾筋《いく》もの涙《なみだ》の跡《あと》があった。なんて可哀想《かわいそう》で同情を誘う姿だろう！　彼女は本当に心の優《やさ》しい純粋《じゅんすい》な少女だ。

それをよく知る彼等には堪《た》えがたい光景だろう。

「いいえ。誰も違《ちが》うというならあなたしかいないわ。あなたは辺境伯夫人になりたかった。だからわたしを貶《おとし》めるような嘘《うそ》を言いふらしたのね？」

「王女様、そんな事は決して」

「この期《ご》に及《およ》んで見苦しい。真犯人はこの女よ！」

合図するとフローチェはひざまずかされた。

そしてわたしの忠実なる下僕《しもべ》――大きな斧《おの》を掲《かか》げた王宮騎士がやってくる。

「ユスティネ王女！　お止《や》め下さい‼」

わたしの威圧感《いあつかん》を振《ふ》り切り、何人かの貴族達が我を忘れて立ち上がる。しかしそれを咎《とが》めるように一瞥《いちべつ》すると、それ以上動く事も出来ず座り直した。

「それだけじゃないわ。城を訪《おとず》れて密《ひそ》かに内部構造の詳細《しょうさい》を探《さぐ》ったり、兵舎に顔を出しては武器の貯蔵量や兵の配置を調べたり。その情報を一体どこに売るつもりだったの？」

実際フローチェは城の中をよく出歩いていた。

食べ物を差し入れたり、何か不都合がないか聞いて回ったりとリューク一人では手のまわらない事をさりげなくサポートしていた。

それが彼女の純粋な善意なのか、はたまたそうするように言い含《ふく》められたかは知らないが、みんなが感謝していたのは知っている。

さきほどから頭を押《お》さえつけられているかのような空気への反発心も相まって、貴族達のわたしに対する憎《にく》しみが燃え上がるのが分かる。

わたしは彼等をさらに煽《あお》った。

「わたしは王女よ。伯爵令嬢《れいじょう》ごときの一人や二人殺したって罪に問われないわ」

サッと空気が変わるのを感じた。

「何てことを……やっぱり傲慢《ごうまん》王女は改心なんてしてなかったんだ」

「残虐《ざんぎゃく》な……、フローチェ様がまさか、そんなはずあるわけないのに」

否定、不安、疑問、諦観《ていかん》……。

様々な感情が行き交《か》うなか、シエナをはじめとした数人はすっかり血の気が引いて青ざめていた。

それはそうだろう。

フローチェが疑われているのは彼女等の罪だ。

彼女達が暗躍《あんやく》した出来事の一つ一つをなすりつけられ、無実の彼女が追い詰《つ》められている。

それでも狡《ずる》さに慣れた人達ならばフローチェを見殺しにするのだろう。それを選択《せんたく》するというのなら、もはやわたしだって救いの手を差し伸《の》べようとは思わない。

わたしは確信をもって命じた。

「まずはその忌々《いまいま》しい指を一本ずつ切ってしまいなさい」

「お待ち下さい！　フローチェ様は何も知りません、全《すべ》て私がやったのです！」

堪《こら》えきれず叫《さけ》び声を上げたのはシエナだった。

少し意外に思った。

彼女はわたしが知りうる中でも、一番深刻な理由で伯爵に従っていた。

自白をするにしても一番あと、もしかしたら最後までしらを切りとおすと踏《ふ》んでいたのに。

「この娘《むすめ》を庇《かば》うつもり？　忠義心かしら、そういうのは今要《い》らないわ」

「違います！　フローチェ様は何も知りません！　私が一人で実行した事だったのです！　証拠《しょうこ》も出せます！　お願いします！　切るのなら私を、私だけですから！」

「『私だけ』？　違うでしょう、シエナ。告白するなら全部洗いざらい喋《しゃべ》りなさい。出来ないならフローチェを切るわ」

「……モ、モンドリア伯爵様が私に指示されました。証拠もきちんと取ってあります」

「き、貴様！　嘘だ、この娘の言うことはでたらめだ！」

伯爵が大声でわめきだしたが、すぐに王宮騎士《きし》たちに取り押さえられた。

シエナは心から安心したように息をついた。

彼女はわたしが想像していたよりもずっと善良だったようだ。すっかり肉の落ちた頬、落ちくぼみ、濃《こ》い化粧《けしょう》で誤魔化した隈《くま》が彼女のこれまでの苦悩《くのう》をよく表していた。

彼女がこれほど追い詰められていたのに気がつかなかった自分に舌打ちしそうになる。

「お願いします。ですからフローチェ様のことはどうか……」

そんな状況《じょうきょう》でも、彼女が一番に気にしたのは他人の事だった。

これ以上彼女を追い詰めるような真似《まね》をしたくない。

したくはないが止めるわけにはいかない。

「んー、そうねぇ。でもそれだけじゃわたしの言った事全部に説明がつかないんじゃない？」

シエナは訳が分からないという顔をする。

そうだろう、ここから先は彼女ではない人間に聞かせているのだから。

さあ、仕上げだ。

「なら、疑わしきは罰《ばっ》しちゃおうかしら」

楽しそうに宣言すると、シエナは恐怖《きょうふ》に顔を引きつらせた。

「ひっ、そんなぁ！」

「いいこと。よく聞きなさい」

わたしは全員の顔を一人一人の目を見ながら言った。

「わたしはこの国の王女。この王国の民《たみ》は誰《だれ》であれ等しく守る義務がある。だからそれを危険に陥《おとしい》れる者は容赦《ようしゃ》なく排除《はいじょ》するわ」

王女として生まれた。

だからわたしは誰にも媚《こ》びない。

いつだって胸を張って前を見ていく。

俯《うつむ》き泣きべそをかくだけでは誰一人守れやしないから。

わたしの言葉に対する反応は大きく二つに分かれた。アンのように驚《おどろ》きつつも好意的に顔を上げる者か。

シエナのように青ざめ顔を俯かせる者か。

それぞれの胸の内に言葉がしみ込んだのを見届け、にっこりと微笑《ほほえ》んだ。

「さあ、まずはフローチェのその指から切り落としなさい」

「お止め下さいユスティネ様ぁ！」

この王女ならやりかねない！

その場の全員にそう思わせるのに十分な、悲痛で逼迫《ひっぱく》した、じつにリアリティのあるシエナの叫び声だった。

「も……申し訳ございません！」

一人の騎士が膝《ひざ》から崩《くず》れ落ちる。

「私が伯爵に情報を漏《も》らしたのです！　どうかお許し下さい！」

「わ、私もです！　伯爵に脅《おど》されて、どうしようもなく……」

「私も伯爵の質問に一度だけ答えてしまいました」

つられるように騎士や使用人が膝《ひざ》を折りだした。

丁度その時王宮騎士のうちの一人がシエナの言う証拠を発見したと耳打ちしてきた。

「どうやら今度は本当の事を言ってくれたみたいで嬉《うれ》しいわ。確かにフローチェ嬢は関係ないのね。放してさしあげて」

わたしの言葉にようやく解放されたフローチェは、ふらふらと伯爵の下《もと》に歩いていった。

「お、お父様、ごめんなさい私……私……」

「ぐ、ぐくくくっ……こ、こんなはずでは……！」

「お父様。ごめんなさい、私、王女殿下に頼《たの》まれたのです。せめてお父様の罪を軽くするために協力するように、と」

その時伯爵はようやく気が付いただろう。

自分の犯《おか》した罪はとっくにわたし達に知られ、罠《わな》にはめられたのだということを。

結局、伯爵《はくしゃく》に加担したはずの人々は皆《みな》罪を自白して無実の人間を救おうとした。最後の最後で良心を忘れることはなかった。

うまくいくかは賭《か》けだったけれど、わたしはそれに勝ったのだ。

（良かった……。これで、ようやく……）


「くそ！　この裏切り者どもめ！」

「伯爵、貴方《あなた》の負けだ」

リュークがそう言って辺境騎士に捕縛《ほばく》を命じたその時。

「ふっ……はっはははは！」

突然《とつぜん》の哄笑《こうしょう》にその場がざわめいた。

「ふん、こんな事で勝った気になるなよ」

目論見《もくろみ》を暴《あば》かれたはずの伯爵はそれでも余裕《よゆう》を滲《にじ》ませる。

……こんな状況《じょうきょう》で、いくらなんでもおかしくはないだろうか。

猛烈《もうれつ》に嫌《いや》な予感がして思わず椅子《いす》から立ち上がる。

「早く取り押さえろ！」

リュークが命じるのとほぼ同時だった。

部屋中を取り囲み逃げ場はないと油断していたのだろう。伯爵を拘束《こうそく》しようとしていた騎士は体当たりされ、わずかに手を緩《ゆる》ませた。

「来い、フローチェ！」

「あっ！」

伯爵はすぐ傍《そば》にいたフローチェの腕《うで》を摑《つか》み、反対の手で何かを取り出した。

誰《だれ》もが驚《おどろ》きに目を見張る中、伯爵が隠《かく》し持っていたのは大粒《おおつぶ》の魔石《ませき》だった。

一体そんなものを何故《なぜ》、と思う間もなく伯爵が何かの『呪文』を唱え始める。手にしていた魔石から光があふれ出し、特別な言葉によってこの世界の法則をやすやすと作り変える力……『魔法』が顕現《けんげん》していく。

(嘘《うそ》！　伯爵が魔法を使えるだなんて！)

そんな話は聞いてない！

驚いたのはわたしだけではないようで周囲からも驚きの声が上がっている。そして……、

ズズ……ゴゴゴ……！

つい数日前に体験した振動《しんどう》が……いや、それ以上の激震《げきしん》が起こった。

「きゃあああ！　怖《こわ》い！」

「ど、どうしてこんな!?」

恐怖《きょうふ》にかられた人々はとっさに身を庇《かば》い、伯爵から意識を外した。

その隙《すき》に伯爵は最後の言葉を紡《つむ》ぎだし……。

(駄目《だめ》、逃げられる！)

──しかし……

「な……どういうことだ？　くそ、なぜ転移しない⁉」

伯爵の焦《あせ》った声。呪文は唱えられたはずなのに伯爵達は転移することなく、だというのに地鳴りは収まらず、むしろ激しくなっている。魔石はさらに激しく魔力を放出しはじめ、発熱しているのか、たまらず伯爵は魔石を放り出した。

(魔法の失敗？　それとも呪文を教えた人間が最初から……いや、そんなことより今は！)


──わたしは迷わず素手で魔石を掴んだ！


「なっ……！」

まさかそんな行動に出るとは思わなかったのだろう、伯爵が驚愕《きょうがく》する。

というかわたし自身、直前までそんな事するはめになるとは思わなかった。なんなら現在進行形で自分の行動に驚いているぐらいだ。

「ユスティネ王女……！」

リュークの焦ったような叫《さけ》び声。

魔法を発動させている真っ最中の魔石を術者以外が摑んだらどうなるのか、そんな事は知らない。が、まあ碌《ろく》な事にはならないだろう。

ピリッと静電気が走ったような嫌な痛みが走り、本能が今すぐ離せと警鐘を鳴らす。

(だけどもしこれほど大きな反応を起こす魔法が暴走したら……！)

「わたしは王女なのよ！　みんなを守りきる義務があるの！」

その言葉に誰もが息を吞《の》んだようだった。

人の上に立つというのは守られる事じゃない、その逆だ。

──わたしの『前回』での一番の後悔はその義務を果たせなかった事。

「ユスティネ様──っ！」

アンの悲痛な叫びが響《ひび》き渡《わた》り、誰もが目を背《そむ》けた。

わたし自身も破滅《はめつ》の予感にギュッと目をつぶり──……。

誰かがわたしを抱《だ》きしめた。

ううん、誰かなんて目を開けなくても分かる。辛辣《しんらつ》で、無愛想で、呆《あき》れたように冷たい目を向けてくるくせに結局最後にはいつも助けてくれるわたしの婚約者《こんやく》。

覚悟《かくご》を決めたはずなのに、最後の瞬間《しゅんかん》に一緒《いっしょ》にいてくれる事が嬉《うれ》しくて涙《なみだ》がこぼれた。

「リューク、大好き……！」

「……ええ、私もですよ」

……。

…………。

…………………？

「ん？　……あれ？」

（まだ……死んでいない？　……ううん、それどころかすっかり治まってない？）

痛いほど強く抱きしめられていた力が緩み、いつもの冷静な声が響いた。

「まさか強化した反魔法をぶっつけ本番で試《ため》す事になるとは……。まあ、うまくいったようでなによりです」

ガバリと顔を上げると、果てしなく冷ややかなアイスブルーの瞳《ひとみ》と目が合った。

「リュー……」

「ああ、本当に……本っ当に何度言っても危険に飛び込んで、相談もしないし思い付きとその場の勢いだけで行動してくれますね。お互い補《おぎな》い合うなどと嘯《うそぶ》きながらこちらの気も知らずに好き勝手な事ばかり……！」

まずい。完全に怒《おこ》らせてしまったようだ。しかも抱擁《ほうよう》、いや拘束されていて逃げられない。

「ど、どういう事だ！」

伯爵が狼狽《ろうばい》している。

発動するはずだった魔法が不発に終わり、パニックになっているのだろう。それはわたしも同じだ。摑んでいた魔石は手の中ですっかり沈黙《ちんもく》している。

その言葉に我に返った騎士達があっという間に伯爵を取り押さえた。

リュークは伯爵の問いに一切《いっさい》関心を向けなかったが、わたしを筆頭にその場の全員が回答を求める顔をしたのに気がつくと仕方なさそうに説明した。

「先日の兵舎への不法侵入者の件で、これまでの反魔法の陣《じん》が効かない事が証明されましたから。対策として魔法陣の強化をしておいたんです」

そんな事いつの間に……。

「こちらにも魔術に長《た》けた者はいますからね。それでも、あの辺境騎士団で捕《とら》えた術師の情報がなければ対応できなかったでしょうから、これも王女の功績かもしれません」

死すら覚悟し、髪《かみ》を振り乱しているわたしとは対照的にリュークはいたって涼《すず》しい顔をしている。

「それは助かったけど……。で、でも、言ってくれれば良かったじゃない！」

「うまくいくとは限らなかったんです。それなのにあんな無茶をして」

恨《うら》み事を言おうとするも反撃《はんげき》されてしまった。

「本当に……貴方《あなた》は目が離《はな》せませんね」

リュークの大きな手がわたしの乱れた髪を手櫛《てぐし》で整えた。言葉も態度も冷たいけど、彼の手は温かくて気持ちがいい。黙《だま》ってされるがままになっていると、リュークがじっとわたしを見下ろしている。その唇《くちびる》は何か言いたげに少し開いていた。

「ユス……」

「ユスティネ様ぁ！」

「きゃあっ!?」

突然、アンが抱きついてきた。

「ユ、ユスティネ様、ユスティネ様ぁ！　どこか痛くないですか？　うう〜っ」

アンの顔は涙でべちょべちょだ。

「あはは……ごめん、アン。次からは気をつける」

わたしの言葉にアンは眉《まゆ》を寄せた。うん、信用がない。

「ご無事ですか、王女殿下《でんか》！」

「もう、なにかあったらどうするんですか！　身を挺《てい》してみんなを庇《かば》おうとするなんて、全然ユスティネ様らしくないですよ……ぐすっ」

それに続くようにナナ達をはじめ、メイドの子達が駆《か》け寄ってきてくれた。それだけではない。有力者や辺境騎士団の人達もわたしの無事を喜んでくれているようだった。

人々に取り囲まれながら、視界の端《はし》に拘束されるモンドリア伯爵を見つける。彼もまた顔を上げ、憎々《にくにく》しげにわたしを見ていた。

「ユ、ユスティネ様……」

心配そうなアンの手をやんわりと引き剝《は》がし、わたしは伯爵の前にツカツカと詰《つ》め寄る。

そして思い切り手を振《ふ》り上げた。

パン、と部屋に響《ひび》く乾《かわ》いた音は、わたしの渾身《こんしん》の平手打ちによるものだった。

ジンジンと手の平が熱い。

突然頰《とつぜんほお》を張られ、驚いた顔のまま固まる伯爵の姿がそこにあった。

「なんでこんな事を……。わたしの事はまだいい。けど貴方《あなた》を信じてくれた人達を巻き込み、バルテリンクを裏切ろうとした事は絶対に許せない」

事前の調査によると彼は大量の魔石《ませき》を持ったまま隣国《りんごく》に逃亡《とうぼう》する予定だった。

伯爵という保障された身分があるのにそんな事をするだなんて。娘《むすめ》をリュークに嫁《とつ》がせようとシエナを脅《おど》して小細工をした事も、それがうまくいかなかったときに備え少しずつ機密を盗《ぬす》み出していた事も信じがたい事だった。

「お前らに何が分かる！　長年仕えていたというのに、当主代行に名前が挙がりながらまだ少年のリュークに負けた事、娘との縁談《えんだん》も叶《かな》わず何一つ報《むく》われなかった！　結局私が外から婿入《むこい》りしたよそ者だからだろう。ならばその仕打ちに相応《ふさわ》しく、こちらから捨て去ってやろうとしただけだ！」

呪詛《じゅそ》のような伯爵の言葉が広間に響く。

リュークが辺境伯になったのは必然だ。彼が勝ったわけでも軽んじられたわけでもない。けれどそれを認められなかったのが伯爵の不幸の始まりだったのか。それでもおかしな欲《よく》を出し、破滅《はめつ》を呼び込んだのは自業自得《じごうじとく》だろう。

しかし伯爵はジロリとわたしを睨《にら》み指さした。

「外部の人間にすぎないお前もいつか私の気持ちが分かるだろうよ！　ましてやお前はラウチェスの王族だ。決して受け入れられない！　いずれ分かるさ！」

わたしは伯爵の言葉を鼻で笑った。

「受け入れられない？　関係ないわ、選ぶのはわたしよ。わたしが決める」

堂々と言い返すと伯爵の顔が歪《ゆが》んだ。

「伯爵を地下牢《ちかろう》に繋いでおけ」

そう命じるリュークの声は冷たく、まさに永久凍土《とうど》の辺境伯《はく》そのものだった。

（……終わった……）

緊張《きんちょう》の糸が切れて、今になって手が震《ふる》えてきた。

思わずよろめきそうになるわたしを後ろから支えてくれたのは……。

「よく、頑張《がんば》りましたね」

リュークのおかげで動揺《どうよう》を周囲に悟《さと》られずに済んだ。

安堵《あんど》していると、一人の少女が力なく近寄って来る。

「ユスティネ王女様……父が、大変申し訳ございませんでした」

愛らしいフローチェ嬢《じょう》は周囲に助けられながら立ち上がると、涙《なみだ》ながらに謝罪してきた。

死刑《しけい》だけは行わないとしても背信行為《こうい》についての厳罰《げんばつ》は避《さ》けられないと正直に伝えてから、ずっとこの調子だ。

リュークが以前、彼女は人の上に立つには向かないと言った意味がよく分かる。

彼女は芯《しん》から善良で慈愛《じあい》に溢《あふ》れ……優《やさ》しすぎるのだ。

それでもこうすることが伯爵《はくしゃく》の為《ため》でありこの土地の為なのだと説得すると、悩《なや》みながらも協力してくれるだけの正義感だってちゃんとある。

本当に誰もが愛さずにはいられないような少女だった。

このあまりに無垢《むく》なフローチェ嬢、そしてわたしという無慈悲《むじひ》に断罪しかねない悪役がいなければとても成りたたなかった作戦だろう。

なによりわたしはこのバルテリンクに住む彼らの誠実さと善良さを信じたのだ。

（やれやれ、これで一件落着……かしら？）

胸を撫《な》でおろしていると、ふとこちらを窺《うかが》う視線に気が付いた。

「ユスティネ様……。あのう、私達……」

そこにはメイド一同がずらりと並んでいた。

お互《たが》いに目配せしあい気まずそうに言い淀《よど》んでいたが、ついに一斉《いっせい》に頭を下げてきた。

「す、すみませんユスティネ様！　以前、その、何の確証もないのに私達……！」

彼女達の前に、事情を聞いたらしい侍女《じじょ》長と執事《しつじ》のシモンも進み出る。

「全《すべ》ては私どもの監督《かんとく》責任でございます。お詫《わ》びの言葉もございません」

「どんな罰《ばつ》でも受けさせていただきます。本当に申し訳ありませんでした」

良《い》い人と悪い人。

そんな風に全てを二つに分けることができたらどれだけ簡単だろう。

だけど実際は弱かったり、負けてしまったり、それでも良くありたいという気持ちを捨てきれない、そんな灰色が『普通《ふつう》』なのではないだろうか。

「ユスティネ様……私、私……」

シエナが泣き腫《は》らした顔で座り込んでいる。

自ら罪を認め、謝罪した兵士達や使用人。

それだけじゃない。今までわたしに対して嫌《いや》がらせをしてきたメイドやその他の人達も、自分の間違《まちが》いに気がついたかのように俯《うつむ》き、涙している。

「私、いけない事だって本当は分かっていたのに……どうお詫びしたら……」

「ごめんなさいは？」

「え？」

じいっと見つめているとシエナはおずおずと頭を下げた。

「ご、ごめんなさい……」

「ん。ぐちぐち謝罪されるのは好きじゃないし、誠意はこれからの行動で示してちょうだい」

侍女長達は慌《あわ》てて引き留めてきた。

「そ、それだけですか!?」

「もっとなにか、罰をお与《あた》え下さい！」

「それじゃ私達の気が済みません！　どうかユスティネ様！」

(別にいいのになあ)

わたしは仕方なく腰《こし》に手を当て仁王立《におうだ》ちした。

「それなら今後はわたしの言う事は絶対よ！　二度と逆らう事なく完全服従なさい！」

「「はい、もちろんですユスティネ様！」」

(あ、あれ？)

冗談《じょうだん》のつもりだったのに笑いが来ない。

ちらりとアンとリュークを見ると、アンはにこにこしているしリュークはいつも通りだけどなんとなく満足げに見える。

(誰か止めてよ!)

ようやくメイド達が納得《なっとく》して下がってくれたと思ったら、今度は辺境騎士《きし》団の皆《みな》さんがやってきた。厳しいバルテリンクの荒《あ》れた大地に根を張り、常に外敵と戦い続けてきたいかつい男達の顔が並ぶ。

その厳しい顔に警戒心《けいかいしん》を露《あら》わにしたアンがサッとわたしの前に飛び出してきた。

「み、皆様お待ちください! 先程《さきほど》のは全部、演技で嘘《うそ》なんです! 本当のユスティネ様はもうほんのちょっとだけマシです! 本当にちょっとだけですが!!」

「ア、アン……?」

「ユスティネ様は悪い方ではありません! 確かに少し自由すぎて、だらしなくて、人の目も気にせず常識にも欠けますが……」

「ちょっと、アン!?」

「ですが本当は誰よりも一人一人の領民を、いいえ全王国民を幸せにしようと真剣《しんけん》に考えていらっしゃるんです! 自分にはその力があると傲慢《ごうまん》に過信していらっしゃるからこそ、本気でそう思えるのです! 確かに腹の立つ事も多いですが決して悪い方では!」

アンの、フォローになっているのかいないのか分からない力説に項垂《うなだ》れた。

どうやら騎士団とわたしの関係を誤解しているらしいアンだったが、精いっぱい庇《かば》おうとしてくれた事には感謝する。感謝はするが……。

（もうちょっと言葉を飾《かざ》って欲しかった。いや、嬉《うれ》しいんだけれどね……）

遠い目をしているわたしの横でうんうんと頷《うなず》いていたリュークも言葉を重ねた。

「アンの言う通りだ。彼女は突飛《とっぴ》な行動をとるし傲慢で我儘《わがまま》だ。自分では多少マシになったと思っているようだが、まだまだ相当に世間知らず。しかし……」

あれ？　今日ってわたしが断罪される日だったっけ……。

「しかし彼女は自分と同じように他人を尊重しているし、それを受け入れる事が出来る稀《け》有《う》な人物だ。それは共にこの地を治める者に必要な資質だと私は思う」

それになにより、と続けリュークはそっとわたしの腰に手をまわし、他《ほか》に何も見えていないような熱烈《ねつれつ》な視線を向けてきた。

「私は彼女を愛している」

「…………っ！」

心臓が跳《は》ねるのと、辺境騎士団のおじ様達がどっと笑うのは同時だった。

「リューク様、なんだかんだ言って結局最後は惚気《のろけ》ですか！」

「まったく、俺達だってリューク様に負けないくらいにユスティネ様を気に入っているんですよ？」

「そうそう、特に差し入れに持ってきてくれたプルーネの酒は本当に美味《うま》かったぜ！　これからもあんな楽しい酒が飲めるなら、どんな命令だって聞きますよ」

「違《ちが》いねえ！　これからもどんどんやって下さいよ」

「あなた達ねえ、気に入ってるのはわたしじゃなくてお酒の方でしょ！」

思わず指摘《してき》すると、またどっと笑いが起こった。

「さあ、遅《おそ》くなったがお前達の返事を聞かせてもらおう」

リュークは予定していた投票箱を持ってこさせる為合図しようとしたが、その手をやんわりとレーヴィン団長が止めた。

「いいえリューク様、もうその必要はないでしょう。……誰《だれ》一人として反対者はおりますまい、貴方《あなた》達の勝ちだ」

「レーヴィン……」

二人の間で静かに視線が交錯《こうさく》した。

「……ああ、そのようだな」

歓声《かんせい》が上がった。

アンはほっとしたように気の抜《ぬ》けた顔で立ち尽《つ》くし、リュークは相変わらず機嫌《きげん》良さそうにわたしの腰を抱《だ》いたままだ。確かに王家との繋《つな》がりの盤石《ばんじやく》さを示すために、内外に仲

がいいアピールをしっかりするようにと事前に言ったのはわたしだけど。

（いい加減、やり過ぎなのでは……？）

あまりにも近いその距離《きょり》から離《はな》れようと腰に巻き付けられた手に力をこめてみたのだけれど、軽く支えているように見えるそれは一ミリたりとも動いてはくれなかった。

あれから伯爵《はくしゃく》は当主交代の上、彼自身は領主監視《かんし》の下《もと》で幽閉《ゆうへい》生活を送ることになった。伯爵家はフローチェ嬢《じょう》の従兄《いとこ》が引継《ひきつ》ぎ、領主に対する絶対の忠誠を誓《ちか》った上で政務にあたっている。取り急ぎ今は父親に止められていたフローチェ嬢の嫁《とつ》ぎ先を決める事が最優先のようだ。

もちろんシエナの弟も責任もって完治するまで面倒《めんどう》を見ると言っている。

恐喝《きょうかつ》されていたとはいえ、城内の機密が漏《も》れていた事も大問題となった。まずは人員配置と警備体制の見直しをした。身内だからと部外者を中に入れるのも厳禁だ。伯爵の件があった今なら反対も出ないだろう。

シエナに関しては本当はもっと早く色々なことに気が付いておくべきだったのに。そうこぼしたらアンに怒《おこ》られた。

「自分が神様にでもなったおつもりですか？　相変わらずの傲慢ですね、貴方は出来るだけのことをしましたよ」

アンがわたしを甘やかしすぎる。結婚《けっこん》して。そう言ったら隣《となり》にいたリュークが無言で手を握《にぎ》ってきた。

そういえば有力者達の反発が少ないと思ったら、裏でエルマを中心にボスマン家が動いてくれていたらしい。いわく、

「受けた恩は必ず返すのがボスマン家の家訓！　つまり命を救われた私はこれからどんどんユスティネ様をお助けしていきますからね！」

……だそうだ。

あのヘリツェン渓谷《けいこく》のアジトがなくなり、モンドリア伯爵が幽閉された事でキウル国の脅威《きょうい》もひとまずは落ち着いたと見ていいだろう。今は伯爵達が使用しようとした魔法の解《かい》析《せき》が進んでいるようだ。

とにかくなにもかもが、ちょっとずつ良《い》い方に変わってきている。

エピローグ

荒涼《こうりょう》とした大地に、突如《とつじょ》ひらけた場所があった。

あの伯爵が捕えられた件から数日後、リュークに頼《たの》んでこの辺りで一番展望のよい場所に連れてきてもらった。

領土が一望できる高台は少し寒いけど、とても景色がいい。

「そろそろ雪が降ってくるので今が馬で来られるギリギリのタイミングです」

わたしを馬から下ろしながらリュークが説明してくれた。

「わあ。すごい、ずいぶん遠くまで一望できるのね！」

「ええ、この辺りで一番見晴らしが良いですよ。……私達の祖先が代々守ってきた大切な土地です」

バルテリンクの城下街はほとんどが眼下に見える場所に集中し、その人口は合わせて四千人ほど。その一つ一つを慈《いっく》しむように見回す。この場所を守る事が出来て良かったと心から思った。

じわりと、押し込めていた罪悪感がこみ上げてくる。

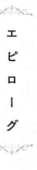

ずっと婚約破棄《こんやくはき》を回避《かいひ》するという名目で走り回り、『前世』について深く考えるのを避《さ》けていた。立ち止まってしまったら二度と走れなくなりそうで。だけど、今日だけはいいだろうか。

一度だけ懺悔《ざんげ》の涙《なみだ》を流しても許されるだろうか。

「ユスティネ王女……？」

「リューク、昔のわたしは最低でした。それこそ殺されたって文句を言えないくらいに。自分の事しか考えられず、与《あた》えられた役割を分かろうともしなかった」

わたしの『前回』の生は、とある護衛騎士《きし》に後ろから刺《さ》し貫《つらぬ》かれて終わった。

顔もよく覚えていないその彼を、わたしは責める気にならない。彼の怒《いか》りは当然だったから。むしろあの罪悪感に押しつぶされそうだった日々に終止符《しゅうしふ》を打ってくれた事に感謝すらしている。

それはきっと、誰にとっても不幸な事故だった。

『バルテリンクの魔石《ませき》を狙《ねら》っていたキウル国が起死回生を狙い、国の奥深くで悪魔《あくま》のような魔法《まほう》の研究をしている』

以前から囁《ささや》かれ続けた噂《うわさ》は、単なる噂でしかないはずだった。使用した彼等ですらその結果が魔石を横取りするどころか二度と立ち入ることの出来ない不毛の地にするだなんて、予想していなかったに違いない。

——バルテリンク領、壊滅《かいめつ》。

その悲報は王都にいるわたしの下にも届いた。

報告を聞いた時のわたしの手には、リュークが直筆で書いた手紙があった。そこには滞《たい》在《ざい》中不便をかけてしまった事の謝罪、縁《えん》はなかったがわたしの幸福を祈《いの》る言葉が丁寧《ていねい》に綴《つづ》られていた。いつか書きたいと思いながら言葉を思いつけなかった返事の手紙は、二度と出す事が出来なくなった。

わたしはずっと後悔《こうかい》していた。

もし我儘《わがまま》なんて言わずに黙《だま》って政略結婚を受け入れていたら。婚姻《こんいん》と共に深い盟約が結ばれ、バルテリンクの軍備やその他《ほか》の色々な事が強化されていたのなら。

そんな事は関係なかったかもしれない。

だけどもしかしたらという後悔はいつまでも残り、わたしの人生に重くのしかかって来た。あのバルテリンク領出身の護衛騎士は完全なる逆恨《さかうら》みでわたしを刺し貫いたけれど、当のわたしはこれでようやく後悔の日々が終わると安堵《あんど》したものだ。

気が付くと、とめどなく涙を流しているわたしをリュークが抱きしめてくれていた。冷たそうに見えるリュークの体は、とても温かい。ギュッと胸に頭を押し付けると、彼の心臓の音が聞こえる。

それだけの事が何故《なぜ》かたまらなく嬉《うれ》しくて安心した。

（……大丈夫《だいじょうぶ》、ちゃんと生きてる）

後に壊滅の原因は魔石採掘《さいくつ》所で使われた正体不明の魔法の暴走の結果ではないかと言われた。大量の魔石が保管されていた場所で起きた事故は、伯爵達が使っていたあの未知の魔法が関《かか》わっていると思ってほぼ間違《まちが》いないだろう。

（けれど『今回』は未知の魔法の存在にいち早く気づき、すでに対策の研究が行われている。あの時とは、もう違うんだ）

後悔して、過去に戻《もど》ってやり直して。

わたしは本当にこの場所を守るためだけに婚約破棄を撤回《てっかい》させたのだろうか。

もちろんそれが一番確実に思えたのは確かなのだけれど、他にやりようが全くないわけではなかった。

それでもあの時婚約破棄を撤回させようと固執《こしゅう》したのは自分の中のわだかまりや疑問を優先した結果に過ぎなかったのかもしれない。

きっと、ずっと確かめたかったのだ。

何故、彼はいつまでも次の婚約者を立てないのか。

何故、追い払ったわたしに、あんなに優《やさ》しく心のこもった手紙をくれたのか。

何故、わたしは王都に戻ってから一年以上経過しているにもかかわらず、たった一度受け取ったその手紙を擦《す》り切れるほど何度も読んでしまうのか。

あれほど後悔し文字通り死ぬほど反省したというのに、やはり人間というものはそうそう変われないものらしい。いや、たとえ何度生まれ変わっても、とてもリュークのようになれる気はしない。

だからこそわたしはどうしたって彼に惹《ひ》かれてしまうのだろう。

突然《とつぜん》泣き出し、勝手に泣き止《や》んだわたしをリュークは何も詮索《せんさく》しなかった。

それを他人行儀《たにんぎょうぎ》だと感じたのは最初の頃《ころ》だけで、今は彼がわたしを信じ、待ってくれているのだとはっきり理解できる。いつか、彼には全部を話してみたいと思う自分がいた。

——さあ、めそめそするのはこれで終わりだ。

過去の償《つぐな》いに終止符を打ち、これからは本当の意味で未来を生きていく。

「さ、見たかったものはもう十分に見られたわ。寒いから早く帰るわよ、リューク」

「……何か吹《ふ》っ切れたようですね」

「もちろん！」

そう言って早く馬に乗せろと手を広げるわたしに、リュークが切り出した。

「……バルテリンクを出て行くという話は止めにしませんか？」

リュークはいつになく真剣《しんけん》な顔で見つめてきた。

「え……？」

わたしがあまりにもまじまじと見返すので、彼は少し居心地《いごこち》が悪そうだった。

「どうして？　貴方《あなた》が一度決めた事を変えるだなんて信じられないわ」

突然の申し出になんだか頭がふわふわして現実感がない。

わたしは……嬉しいのだろうか。

「行動を共にして気がついたのですが、貴方はすぐに自分から危険な事に首を突《つ》っ込むし、常識もなく目が離《はな》せません。遠くにやってしまえばかえって気になって仕方がないでしょう。いっそ手元に置いて目を光らせていたほうがよっぽど安心で効率的です」

「……まさかそれ、引き留めてるつもり？」

わたしはリュークを睨《にら》みつけた。冷静沈着ないつも通りの顔がある。

「理由はもう一つ」

だけどその瞳《ひとみ》の奥には抑《おさ》えようもないほどの熱情の色がゆらめいていた。

「貴方と離れたくない」

その言葉はわたしの胸の奥深くに入り込んだ。

「……それって……わたしが必要ってこと？」

「ええ」

リュークはわたしの手を握《にぎ》りしめて微笑《ほほえ》んだ。

アイスブルーの瞳《ひとみ》が細まり、優しい色に見えると何故だか胸がドキドキして目を合わせられない。

あれこれ理由なんか考える必要はなかった。

もう目的の為《ため》にバルテリンクに留《とど》まる必要はないのだから、ただシンプルに決めればいい。

ここに居続けたいのか、いたくないのか。

わたしの答えは……。

「リューク、あなたはこれまでわたしが決めた事に何一つ反対しなかったわ。これからもわたしが自分なりのやり方で好きにやっても味方してくれる？　祝賀パーティーのあの時みたいに、ううん、もっと酷《ひど》く大失敗するかもしれないけど」

「ええもちろん。私以外に、誰《だれ》が貴方の傲慢《ごうまん》さをフォローできるというのですか？」

期待通りの返答にわたし達はお互《たが》い笑いあった。

「いるわ。ずっとあなたのそばに！」

【番外編】

もう一つの終焉

本格的な冬が近づいてくる。

吐《は》く息が白く染まり、普段《ふだん》から緑の少ない丘陵地帯《きゅうりょうちたい》はさらに色をなくしていた。見回りの為に馬を走らせれば、その風の冷たさに身震《みぶる》いする。

いつもと変わらぬ大地。

いつもと変わらぬ空。

それらが色づいていたのは一年前のほんのわずかな時だけだった。

「まーたあの王女様の事考えてるんですか。そんなに好きならリューク様も手放したりしなきゃいいのに！」

後ろをついてきていた数人の部下達のうちの一人が、無遠慮《ぶえんりょ》に指摘《してき》してきた。

「考えてない」

「いや絶対考えてたでしょ！　まったくあんな人騒《ひとさわ》がせなじゃじゃ馬のどこがそんなによかったんだか……マジすんませんごめんなさい、そんな人殺しそうな目で見ないで頂けないでしょうか」

「怒《おこ》ってなどいない」

ユスティネ王女が立ち去ってもう一年。

あの後お互い別の婚約者が立つ事もなく、ただ日々が流れている。それでも彼女を王都に帰したのを後悔《こうかい》した事はない。以前より感じていた不穏《ふおん》な気配は治まるどころか増す一方で、この地にまだ彼女がいたらと思うと寒気がする。今日などは特別に嫌《いや》な感じがしていた。

(これで良かったんだ。彼女だけでも安全な場所にいるのだから)

部下には違《ちが》うと言っておきながら、思考は彼女が初めて城に来た日の事を思い出していた。


昔から朝は苦手だ。頭は重いし、調子が出るのに時間がかかる。陰鬱《いんうつ》な気持ちをさらに悪化させるのは窓の外で鬱蒼《うっそう》と生《お》い茂《しげ》る記念樹だった。これのせいで朝は碌《ろく》に陽《ひ》が入らない。

（母上は少々やりすぎるきらいがあったからな）

周囲がやんわり止めるのも聞かず、好き勝手に樹木を植え、さらに魔法薬《まほう》まで持ち出して生長させた結果がこれだ。しかも母上亡《な》き今、誰も遠慮《えんりょ》してこの木に手出しをする事が出来ない。

『おはようございます。本日は予定通りユスティネ王女様が到着《とうちゃく》する予定でございます』

『ああそうだったな。……やっぱり軍服のままお出迎《でむか》えするのはまずいだろうなあ』

『ご当主様、今日くらいは自ら見回りに出なくてもよろしいではないですか。毎日のように出ていらっしゃいますが、異状はないのでしょう？』

『そうなんだが、どうも気にかかる』

それにしてもユスティネ王女か。国王陛下があれほど溺愛《できあい》している王女をよくぞこんな僻地《へきち》に遣《つか》わせてくれたものだ。しかし陛下のお気持ちはありがたいが、本人の意向ではない事を知っている身としては出迎えは少々気の重い仕事だった。

念には念を入れて、婚約《こんやく》を解消できるよう逃《に》げ道は作っておいたが……。

（いや、この地の安全を守るためだ。どんな方であろうとなんとか辛抱《しんぼう》して頂き、力をお借りできるようにしなければ。その為には自分の感情など二の次だ）

現れた王女の姿を一言で言うなら、キラキラと輝《かがや》く火花のようだった。たっぷりとした美しい黄金のような髪《かみ》、白い肌《はだ》。そしてなにより特筆すべきは燃えるような大きな赤い瞳。目が合えば火花のような瞳が煌《きら》めき、なるほど国王陛下の最愛と言われるだけある、美《び》醜《しゅう》だけに収まらない魅力《みりょく》を放っていた。

『へえ、貴方がリュークね。よろしく頼《たの》むわ』

いきなりのタメ口と呼び捨てに閉口しそうになったが、表面には表さず愛想笑《あいそわら》いを貼《は》り付けてその手に口づけた。……陛下、いくらなんでも甘やかし過ぎです。

『はい、リューク・バルテリンクと申します。こちらにいる間はなんなりと私にお申し付け下さい』

白くきめ細かな、そして労働など知らぬ美しい肌。こんな苦労など何も知らないような方を、私の何を犠牲《ぎせい》にすれば引き留められるだろうか？

じっと私を見つめていた王女は、不機嫌《ふきげん》そうに言い放った。

『ところでリューク、この地はもう冬なの？　道中ずいぶんと寒くて難儀《なんぎ》したわ。道端《みちばた》に花の一つも咲《さ》いてないし、あるのは硬《かた》い岩ばかり。ずいぶん無愛想な土地ね、領主に似たのかしら』

王族らしからぬ、侮辱《ぶじょく》ともとれるような物言いに絶句した。

この王女は王都のプライドの高い貴族連中相手に、こんな調子でいて大丈夫《だいじょうぶ》なのだろうか。いつか後ろから刺《さ》されやしないだろうか。ところが私が何も言い返さないのを見ると、王女はにやっと笑った。

悪戯《いたずら》っ子のようなからかい混じりの笑《え》みだった。

『久しぶりの遠出で、はしゃぎすぎてしまったようね。少し言葉が過ぎたわ。気を悪くしないでね』

どうやら乱雑な物言いはわざとだったようだ。

予想外の行動をとって相手のとっさの反応を見る。過度なお世辞や気遣《きづか》いをされるばかりの彼女ならではの処世術なのだろうか。第一印象ほどに何も考えてないわけではないのかもしれない。

（それにしたって、もうちょっと他《ほか》にやりようがあるのではないか？……いや、私には関係ない）

私に必要なのはバルテリンク領を守る力。余計な助言や注意をして嫌《きら》われるような事など絶対に出来ない。彼女がどんな人格であろうが関係ない。こちらはただ受け入れるだけだ。

関係ない、関係ないのだが……。

『ねえ、この木すっごく邪魔《じゃま》なんだけど。なんで切らないの？』

どのような方でも、と心に決めたその数時間後。

『切っていい？　絶対にない方がいいわよね、この木』

『ユスティネ様、その、申し訳ありませんがその記念樹は亡き辺境伯《はく》夫人が手ずから植えられていて……』

移動の際に通りかかった中庭で、王女と庭師達が何か言い争っていた。原因はどうやら、例の記念樹のようだった。やれやれ、初日くらい部屋でのんびり休んでいてくれればいいものを。

『その話は聞いたわよ。でも夫人がご健在だった時は腰《こし》ぐらいの高さだったんでしょ？　彼女だってまさかこんな巨木《きょぼく》に育つとは思ってらっしゃらなかったわよ』

『それはそうなのですが……』

『部屋の窓の半分をこの生い茂った枝が埋《う》めてるのよ？　手を入れにくいのは分かるけれど、たかが木の一本じゃない！』

王女の言葉に、庭師達はにわかに気色ばむ。……まずいな。彼等はこの城の庭、特に母上が植えた草木をなによりも大切にしている。それこそ葉の一枚たりとも枯《か》らせはしまいと心血を注いでくれているのだ。

（それをたかがなどと、愚《おろ》かな）

先程《さきほど》はそれなりに考えがあって行動しているのかと思ったが、見込み違いだったようだ。

他者を尊重できない者に人の上に立つ事など出来ない。婚姻《こんいん》後はそれとなく別荘《べっそう》や別邸《べってい》を与《あた》え、可能なかぎり遠ざけた方が良《い》いのかもしれないな)

そう思った時だった。

『あのねえ。この庭をもっとよく見てみなさいよ。どれだけの樹木を夫人が植えられたと思っているの？　植物の育ちにくいこの土地で、これほど緑を茂らせるなんて執念《しゅうねん》すら感じるわ。その真意は何？　なんで夫人はこうも緑を必死に植えられたのかしら。そんなの、この城に住む皆《みんな》に、少しでも緑で癒《いや》されて欲しいって思ってたからじゃない！　なのに自分が植えた記念樹が予想外に生長したせいで、肝心《かんじん》の中庭が見てもらえないなんて本末転倒《ほんまってんとう》よ！』

(……え……⁉)

『まあ確かに、洗練された配置とまでは言い難《がた》いけどね。だけど彼女が特に力を入れて植物を植えているのは、息子《むすこ》であるリュークの部屋から見える位置ばかりよ。ふふっ、さぞかし家族思いな方だったんでしょうね』

ふいに、生前の母の記憶《きおく》が蘇《よみがえ》った。

もういい加減にしたらどうかと呆《あき》れ混じりに笑う父の言葉に、いつも母はそうねえ、でもあとちょっとだけと手を休めなかった。だってお花や植物ってとっても癒されるもの、植物が育ちにくい土地だけど、せめてこの中庭だけは緑で一杯《いっぱい》にしてあげたいの、と。

子どもだった私は、単に母上は草花が好きなのだなと思っていた。言われてみれば、肝心の母の部屋からは見えにくいような場所ばかりだったのに。母を尊重している気でいたのに、そんな事にも気が付いていなかった。

いや気づいてなかったどころか、部屋の窓を覆《おお》い隠《かく》し年々大きくなる一方の記念樹に鬱《うっ》陶《とう》しさすら感じていたかもしれない。それでも母上が植えられたものなのだから、自分が我《が》慢《まん》すればいいいと。母上を思いやっているつもりにすらなっていた。

彼女の本当の想《おも》いがなんだったのか、考える事もなく。

(私は今まで、どこかで自分の考えは正しいものなのだと信じ込んでいた。だけど、それは……)

『お、王女様!! お止《や》め下さい、危険です!』

『せえのおおお!』

物思いから覚め、はっと顔を上げるととんでもない光景が繰《く》り広げられていた。斧《おの》を振《ふ》りかぶった王女を周囲が必死になって止めている。

……正気だろうか。

私の存在に気が付いた庭師が、激しく目配せをしてくるが、手を上げてゆるく首を振った。庭師達の泣きそうな顔が見えた後、カコーン! という快音が空に響《ひび》いた。その後に聞こえた「ああ」とか「はあ」という呻《うめ》き声の中に、ほんの少しだけ、重荷から解放されほっとしたような色が混じっていたような気がした。

到着《とうちゃく》してたった一日で、全くなんという王女様だろう。

こんなわずかな時間で、己《おのれ》の未熟さを痛感されられるなど思いもよらなかった。そしてまたユスティネ王女自身もまだまだ足りていない部分が多そうだ。主に常識とか。そんな事実に私はつい笑いたくなった。

今思えば、最初はそれがきっかけだったように思う。


懐かしい日々を思い出していると鼻先に冷たい感触《かんしょく》を覚えて上を向く。

「ああクソ、降ってきましたね。どうりで寒いはずだ」

部下の言葉に空を見上げると、はらはらと雪が舞《ま》い降りてくる。雪が降れば、王都までの道のりは閉《と》ざされ行き来は完全に不可能になる。

(やはり返事は来なかったな)

ふと湧《わ》きあがった考えに自分で呆れた。書いた手紙に返事が来たとして、その先に未来があるわけではないのに何を期待しているのだ。

彼女はずっと帰りたがっていた。

言い出したらすぐに帰してやろうと思っていたが、責任感が強いのかなかなか向こうからは動かず、予定より少し長く滞在《たいざい》した。結局雪の季節が来たら帰れなくなると、仕方なくこちら側から破談にした。適当な理由をつけてそれを言い渡《わた》した時、本当はそうしたくないという本心が顔に出て不機嫌《ふきげん》そうにしてしまったかもしれない。

この先どれほど平和になろうとも、一度手放した彼女は二度と手に入る事はない。よく理解した上で決断した事なのに。

(いや、これで良かったんだ。過去を振り返るな)

沸《わ》きあがりそうになる感情を奥深くに沈《しず》ませる。大丈夫《だいじょうぶ》、ずっとそうやってきた。これから先もきっと。

「早く帰りましょう。これはあっという間に積もりそうですよ」

「ああ、行こう」

馬を翻《ひるがえ》す直前、一瞬《いっしゅん》だけ振り返る。この場所はひらけた景色と壮大《そうだい》な山々、降りそそぐ滝《たき》が一望できる美しい景観が楽しめる場所の一つだった。だけどその雄大《ゆうだい》な景色を見ても何も感じない。自分はここまで無感動な人間だっただろうか？

まさかというような災難が降りかかる時がある。

どれほど予測をつけて細心の注意をはらっていても、誰《だれ》も思いもしない偶発《ぐうはつ》的な何かが発生してしまう事が。

例えば不慮《ふりょ》の事故であったり天災であったり突然《とつぜん》発生した疫病《えきびょう》であったりするかもしれない。

それはある日突然全《すべ》ての前提を覆《くつがえ》し何もかも薙《な》ぎ払《はら》ってしまう。

きっと人はそれを運命と呼ぶのだろう。


異変に気がついた時には手《て》遅《おく》れだった。

側近に辺境騎士《きし》団と連携《れんけい》して住民を避《ひ》難《なん》させるように指示を出してから、自分は最初の爆発《ばくはつ》音が聞こえた魔《ま》石採掘《せきさいくつ》所に向かった。

黒い何かがまとわりつくかのような不快感。気持ちが悪い。

どうやら自分以外の人間には分からないようだが、剣にとりつけていた魔石が若干《じゃっかん》の熱を帯び確かに何かに反応していた。

馬をなだめながら地鳴りの止まない大地を駆《か》ける。背中をぞわぞわと這《は》いまわるような感覚は魔石採掘所に近づくほどに強くなる。

到着してみると、夜間の警備隊がいるはずの採掘所はさぞや酷《ひど》い有様だろうと思ったのに、予想に反して何もなかった。

いや、異常には違《ちが》いない。

誰一人姿が見当たらないのだから。

いくつかの落石が砦《とりで》を押しつぶしていたが、なんとか採掘所に下りる出入り口は無事だった。

中に入ってみれば例の気持ちの悪さが格段に増し吐《は》き気に襲《おそ》われる。

(一体何が……？)

地下に潜《もぐ》ると一気に気温が下がったようだった。本来地中の温度は一定に保たれているはずなのに、どういう事だろうか？

剣の魔石はすでに目視できるほどに発光し何かに強く反応していた。明らかにおかしい。

(噂《うわさ》でしかないと思っていた旧時代の魔法《まほう》だろうか。それにしたって魔石の反応が激しすぎる。何が起きているのだろう)

そんな途方《とほう》もない魔法がまともに発動するはずもない。

(なんて杜撰《ずさん》な……いや、そもそもそれこそが狙《ねら》いなのか?)

目指すはさらに奥深くにある管理室。そこには何らかの事故に備え、貯蔵してある魔石を一斉《いっせい》に消失させるための仕掛《しか》けがあった。

この存在は王都にも隠《かく》されているから私以外誰も知らない。作動させる事が出来る『呪文』を伝承されたのも今となっては自分だけだ。耐《た》えながら先を進んでいるとようやく人影《かげ》を見つけた。

「……モンドリア伯爵《はくしゃく》……」

何があったのだろうか、彼の死体には頭部がなかった。

(あと数日あれば彼の罪を告発する準備が出来ていたというのに、その甲斐《かい》もなかったな。……いや、むしろ自分が嫌疑《けんぎ》をかけられている事を悟《さと》ったからこそ自棄《やけ》になってこんな事をしでかしたのか?)

大して興味も持たず先を急ぐ。

今更《いまさら》真実がどうだとか何故《なぜ》こんな事になったのかなどどうでもいい。

ようやくたどり着いた先にある部屋の真ん中に、石板のようなものがあった。

かつて栄えていた、旧時代の魔法技術の残滓《ざんし》。

『呪文』を口にすると石板が光った。これで残された魔石が、さらに暴走を加速させて被害を広げる事はない。

やるべき事を終わらせた安堵感《あんどかん》でその場に座りこむ。

(そろそろ限界か……)

溜《た》まりに溜め込まれたエネルギーが出口を求めてうねっているのを感じる。すでに取り込まれたであろう魔石だけで領地は全て破壊《はかい》されるだろう。

きっと誰も助からない。

だが、今消失させた魔石の分を差し引けば、被害《ひがい》を受けるのはバルテリンクとその周辺に収まるはずだ。

彼女は安全な王都にいる、その事に改めて感謝した。そうであってくれたなら王都に帰すという辛《つら》い選択《せんたく》をした事も報《むく》われる。

……本当は、婚約《こんやく》の解消など望んでいなかった。

それは心情的な理由もあるし、単純にバルテリンクにとって非常に有益な縁談だったからでもある。

それなのに裏切り者の存在を知って、城の中ですら油断できなくなった時、一番に湧きあがったのは王女を無事に王都に帰さなければならないという使命感だった。

国王陛下に対する配慮の為ではない。

ただ彼女が無事でいてくれるならばそれで良かった。

(……本来なら何を差し置いても領民の事を考え、彼らの為に正しい決断をしていかなければならないのに、我ながらどうかしている)

誓ってもいいが、自分はこれまでずっと優先すべき事を優先し、為すべき事を為してきた。それらを差し置いて、個人的な感情で行動するような人間ではなかった。一体いつから自分は変わってしまったのだろうか？

——ある日、突然全ての前提を覆し何もかも薙ぎ払ってしまう。

それを運命だと言うのだとすれば、彼女こそ私にとっての運命なのだろう。

——あれから随分《ずいぶん》時間も経《た》った。

色々なものが少しずつ二人の間を隔《へだ》てていく。

もう彼女は自分の事など思い出しもしないだろう。

何も伝えずに別れたのだから当然だ。

それでも一度くらいは、と願ってしまうのは我儘《わがまま》だろうか。

(いや、過ぎた望みはよそう。彼女が笑っていてくれるなら、それで十分だ)

最初で最後の我儘だった。その穴埋《あなう》めの為《ため》に、残りの人生はこの地の安寧《あんねい》の為に捧《ささ》げようとすら誓《ちか》った。

……だけど、もし。

婚約が白紙になったあの日、もし王女が少しでも拒否《きょひ》する様子を見せていたら、それでも自分は彼女を手放せていただろうか。

もちろん、そんな事は絶対にあり得ないのに。領地が滅《ほろ》ぶという瞬間《しゅんかん》にそんな事ばかり考えてしまうなんて領主失格かもしれない。

それでも最期《さいご》の瞬間に幸せを願える相手がいる事は救いだった。

――そしてバルテリンクに最後の雪が降った。

カーテンの隙間《すきま》から漏《も》れる光が柔《やわ》らかく部屋を照らす。

あの記念樹がなくなってから、部屋が本当に明るくなり見違《みちが》えるように景観も良くなった。そのおかげだろうか、ほんの少しだけ朝が苦手ではなくなったかもしれない。

(なんだか……妙《みょう》な夢を見ていた気がする)

思い出そうとしてもあっという間に霧散《むさん》して影《かげ》も形もない。まあいい。今の問題はそんな些末《さまつ》な事ではない。

ガバァッ！

「うひぁふ！　寒い！」

「他人《ひと》の布団《ふとん》に入り込むの止《や》めろって何回言わせるのですかいい加減にして下さい寝巻《ねまき》のまま外に放《ほう》り出しますよ」

「ひえぇ。わたし、王女なのに扱《あつか》いが酷《ひど》い」

まったくこの王女様は。……陛下、本っ当に教育を間違《まちが》えましたね。

「寒いなら貴方《あなた》の部屋にもっと布団を運ばせます。誤解されたくないのでとっとと帰って下さい」

「あっ、まだ裸足《はだし》だから！　せめてスリッパ！　履《は》かせてぇ！」

「無理です。一秒でも早くここから消え失《う》せて下さい」

部屋の出口にぐいぐい押し返す。例の秘密の通路はすぐに釘打《くぎう》ちしてやっと安眠《あんみん》できると思ったのに、当主の私さえ知らなかった別の抜《ぬ》け道ルートを探し出してきやがるとは。いずれどんな手を使っても吐かそう。

「さ、寒いだけじゃないんだって！　わたしだって他人の部屋に勝手に入るのがどれだけ無礼で悪い事かって分かってるけど、でも」

「いえ、無礼とか悪い事とか、そういう次元の問題じゃないので。さようなら」

「……夜中に急に不安になる。ちゃんとリュークが生きてるかどうか」

——突然《とつぜん》、なんでしょうか。

伯爵の件があってから一か月が経ったが、彼女は時折こうして、普段《ふだん》の勝気な態度からは想像が出来ないほど不安定になる事がある。そしてそれはどうも、私自身に関係があるように思えるのだ。

何故なのだろう。自分で言うのもなんだがそれなりに武術には長《た》けている方だし、何かあれば最優先で守られる立場だ。心配をする事はあっても、されるような覚えはない。

……だけどその顔は、嘘《うそ》や誤魔化《ごまか》しで言っているようにはとても見えなくて。

「ご、ごめん。訳が分からないよね、あはは！　大丈夫《だいじょうぶ》、もうしない……」

「いいですよ」

「え？」

「もしどうしても、一人でいるのが無理だったら、構いませんよ」

「い、いいの⁉」

「そんな風に無理して笑われる方が辛いです」

「む、無理してないし！」

そう強がるけれど、明らかにほっとした顔をしていますよね？　まあ今日は指摘《してき》しないでおいてあげようか。はあ、結局私も同じ穴のムジナ。陛下の事を言えないくらい大甘だって事なのだろう。

「来るのは構いませんが、次はそれ相応の覚悟《かくご》はしてきてくださいね」

「覚悟？」

「全部脱《ぬ》がせます」

「そんなの想像だけで寒くて風邪《かぜ》ひいちゃうわよ！　鬼《おに》！　悪魔《あくま》!!　……………え、今なんて言った」

「風邪だけで済むといいですね？」

追い出して扉《とびら》を閉めた途《と》端《たん》、罵《ば》声《せい》やら怒《ど》号《ごう》が響いた。

扉が閉まる直前に見た、すっかり元気を取り戻した彼女の真っ赤になった顔を思い浮《う》かべて笑《え》みがこぼれる。

目覚めた時の言いようのない寂《せき》寞《ばく》感は消え、自分でも不思議なくらい温かい気持ちで満ち足りていた。

貴方は高慢《こうまん》で我儘なくらいが、丁度いい。

あとがき

初めまして、葵《あおい》れんです。この度《たび》は『傲慢《ごうまん》王女でしたが心を入れ替《か》えたのでもう悪い事はしません、たぶん』をお手に取っていただき誠《まこと》にありがとうございます。

元気でめげない、ちょっと図々《ずうずう》しいくらいに逞《たくま》しい女の子は好きですか？　私は大好きです。本作はそんな主人公に活躍《かつやく》してもらいたいという願望から生まれました。対するヒーローは一見物静かですがその内心は……という、これまた作者の好きを詰《つ》め込んだキャラとなりました。少しでも魅力《みりょく》をお届け出来ていたら嬉《うれ》しいです。

そんな彼らを見事なイラストで描《えが》いて下さった漣《さざなみ》ミサ先生には感謝しかありません。表紙の傲慢に微笑《ほほえ》むユスティネがすごく彼女らしくてお気に入りです。

また書籍《しょせき》化の機会を下さいました担当様をはじめ、製作に携《たずさ》わって下さった方々、そしてWEB版の連載《れんさい》中に応援《おうえん》して下さった読者様、全《すべ》ての皆様《みなさま》に心からお礼を申しあげます。

願わくは、またどこかでお会いできますように。

葵れん

「傲慢王女でしたが心を入れ替えたのでもう悪い事はしません、たぶん」の感想をお寄せください。
おたよりのあて先
〒102-8177　東京都千代田区富士見2-13-3
株式会社KADOKAWA　角川ビーンズ文庫編集部気付
「葵　れん」先生・「漣　ミサ」先生
また、編集部へのご意見ご希望は、同じ住所で「ビーンズ文庫編集部」
までお寄せください。

傲慢王女《ごうまんおうじょ》でしたが心《こころ》を入《い》れ替《か》えたので もう悪《わる》い事《こと》はしません、たぶん

葵《あおい》　れん

角川ビーンズ文庫　23243

令和4年7月1日　初版発行

発行者――――青柳昌行
発　行――――株式会社KADOKAWA
〒102-8177　東京都千代田区富士見2-13-3
電話 0570-002-301（ナビダイヤル）
印刷所――――株式会社暁印刷
製本所――――本間製本株式会社
装幀者――――micro fish

ISBN978-4-04-112582-3C0193 定価はカバーに表示してあります。
◇◇◇

推定悪役令嬢は
国一番の
ブサイクに
嫁がされるようです
著●恵ノ島《えのしま》すず
イラスト●藤村《ふじむら》ゆかこ
国一番の美男子《ブサイク》と結婚!?
なんてご褒美ですか!!!
知らない乙女ゲームの世界に転生してしまった
推定悪役令嬢のエマニュエル。
みなし破滅エンドを受け入れる覚悟を固めた彼女に
言い渡された罰は、『国で1番ブサイクな男との婚姻』。
だけどその相手は超イケメン男子で!?